9個少女的宿舍

girls 2

孤泣 著

also known as avarice, cupidity, or covetous-
ty, a sin of desire. However, greed (as seen
o an artificial, rapacious desire and pursuit
omas Aquinas wrote, "Greed is a sin
tal sins, in as much as man condemns
f temporal things."
as avarice, cupidity, or covetous
n of desire. However, greed (as seen
tial, rapacious desire

reed
eed (Latin: avaritia), also kn
ss, is, like lust and gluttony
y the Church) is applied to an
f material possessions. Thom
against God, just as all mort
things eternal for the sake o
the penitents are bound and
concentrated excessively on
9個少女的宿舍
Greed
(Latin: avaritia), als
, like lu and glutto
d to a
Thom

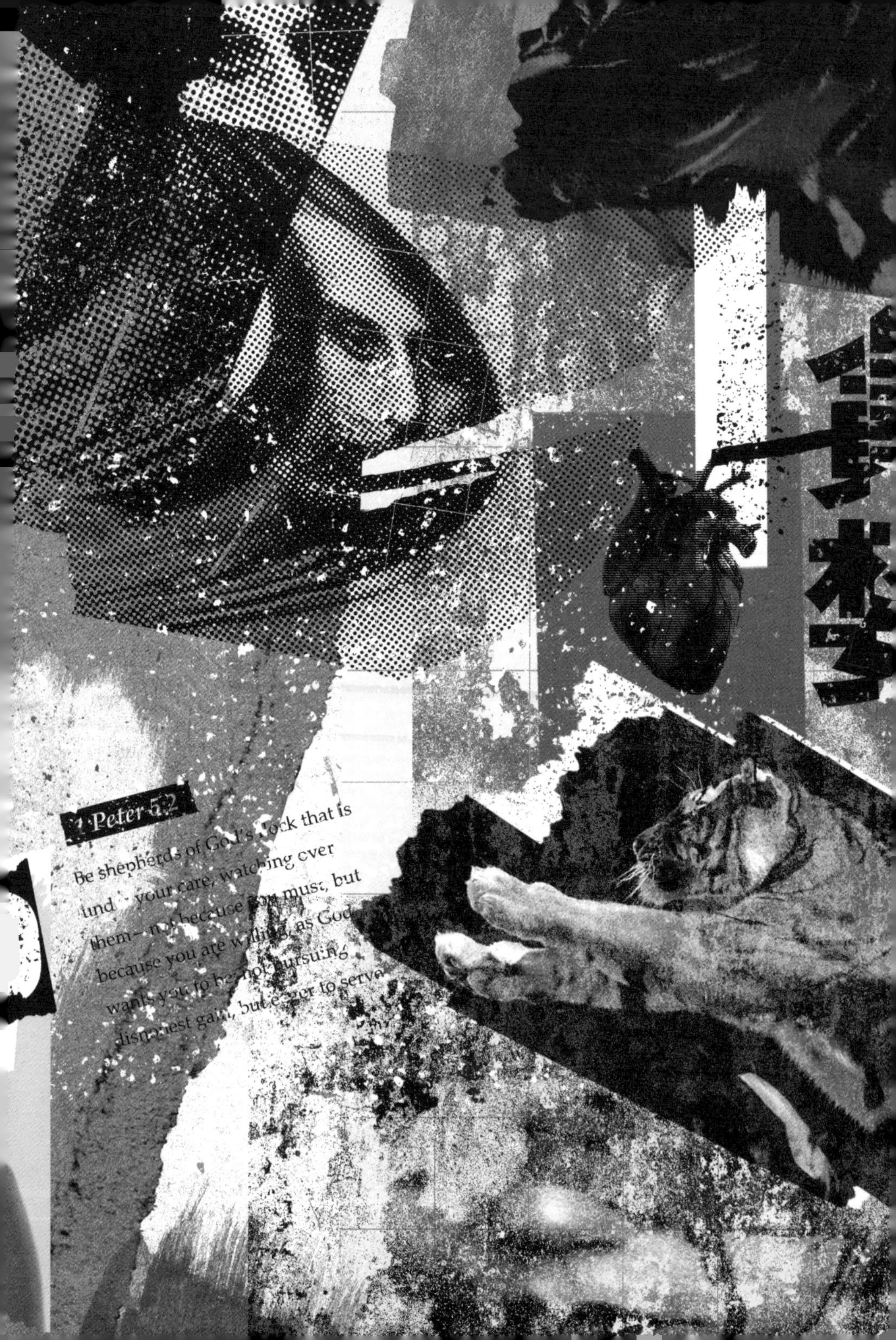
Peter 5:2
Be shepherds of God's
your care, watching over
must, but
because you are willing, as God
wants you to be; not pursuing
dishonest gain, but eager to serve

《智度論》卷三十一

有利益我者生貪慾，違逆我者而生嗔恚，
此結使不從智生，從狂惑生，
是故名爲痴，三毒爲一切煩惱根本。

序章

Prologue

Prologue

序章

爲了生活，你願意犧牲幾多？

爲了生存，你會傷害幾多人？

爲了自己的生命，你又會否殺死威脅你生命的人？

在這個人類建造的文明之中……誰不爲自己？

當有傳染病出現時，高官會選擇自己住所附近成爲隔離區嗎？當然不會。

當對抗疫症時，口罩、消毒藥水等用品會大平賣嗎？商人當然是加價。

當街上的路人沒有戴上口罩時，大家會用什麼目光看待他？

當疫區的病患想走入其他社區，誰會願意接收這些患者？

再說一次，在這個人類建造的文明之中……

誰不爲自己？

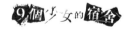

就因爲如此，社會慢慢地開始出現「口說幫助別人，其實也是爲了自己」的風氣，爲了讓自己成爲善良的人，開始走上道德高地去批評別人。他們要讓別人覺得自己是最善良、最中立、最爲社會著想的人。

一切變得愈來愈「虛僞」。

僞善充斥著整個社會，當網上的溝通愈來愈方便，不同道德觀的人開始出現了爭拗，甚至是仇恨，網絡欺凌愈趨激烈，一發不可收拾。

或者，這是上帝的計劃。

世界上最可怕的生物毫無疑問是人類，能夠對付人類的，就只有人類自己，「祂」要令人類互相摧毀，在摧毀的時候再……傳達「愛」。

整個「上帝的運作系統」就是這樣運作。

在這個自私自利的世界中，你又如何生存？

你是一個善良的人？

還是一個僞善的人？

有錢，誰不做善良的人？

沒錢，連生活也過得不好，何來善良？

人類對付人類的「系統」，還有一種非常重要的催化劑，就是「金錢」，每一個人都有一個「隱藏的價值」，一百萬買不到你？一千萬呢？一億？

當然，我們都對著別人說「我是買不到的」，但當你需要錢的時候，妳真的是……「無價品」？

當世界上出現了金錢這催化劑以後，人類就會利用它來衡量一個人的「價值」。

你的專業值多少錢？

你的學歷值多少錢？

妳的樣貌值多少錢？

妳的身體能換到幾多錢？

沒錯，這就是人類賜予人類的「**價值**」。

……

..

.

今貝女子宿舍天台。

一所加建的簡陋房間，她們稱之爲「行刑房」。

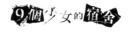

在場的，除了紅修女與其他職位比較低的黑修女以外，還有其中兩個入住宿舍的女生。

馬鐵玲與趙靜香。

在碟仙遊戲中，違反規則的兩個人。

行刑房中，其中一面牆壁緩緩打開，在暗牆上放滿了不同的工具，連同桌上的工具，加起來甚至可以用來裝修屋子！

當然，工具不是用來「裝修」這麼簡單。

「馬鐵玲，別忘記妳跟我們借分數時同意的『事情』。」紅修女奸笑。

「不……不要！！！不要！！！」馬鐵玲瘋狂掙扎。

「不過妳眞幸運呢，多了一個違規的人出現。」她看著趙靜香：「我們就來玩一場……『顏色配對遊戲』！」

紅修女坐到她們中間，然後拿出了一副撲克牌。

「現在……『附加遊戲』開始！Welcome To Our Game！」

《只要有人的出現，就能夠看到僞善。》

Chapter #7

Additional Games

附加遊戲

Chapter #7 - Additional Games #1

附加遊戲 I

心理利己主義 (Psychological Egoism)。

英國哲學家赫伯特．史賓莎 (Herbert Spencer) 從進化論的角度提出，所有動物的天性都是爲了「生存」，並保護其後代。本質上，生物只會顧及自身和自身家庭的需求，而不會估計其他生物的生存需求。

赫伯特．史賓莎斷言，那些最能適應環境的生物，快樂水平應當大於痛苦水平。

即是說，將自己的快樂建築在別人的痛苦之上，也是爲了「生存」。

「利己」的人性，是人類進化不可或缺的部分，爲了生存，我們都不惜傷害及殺害對自己「不利」的人，從而得到更大的生存機會。

不同時代的戰爭之中，證實了心理利己主義確實存在。

爲了生存，我們不惜……

傷、害、別、人。

甚、至、殺、害。

……

……

·

天台的行刑房內。

「我不玩！放我走！放我走！」馬鐵玲歇斯底里地大叫。

「妳不能不玩呢！因爲妳已經把自己的四肢……賣給了我們！」紅修女高興地說。

馬鐵玲看著自己手臂與小腿上，已經用筆畫出了位置，然後，她看著長桌上與牆上的工具。

「妳們……不是來眞的吧？」馬鐵玲看著紅修女說。

「不用懷疑，當然是眞的！」紅修女說：「不過，現在因爲有另一個女生也違反了規則，妳還有一個機會！」

「等等！我不明白妳們在說什麼？」本來冷靜的趙靜香也緊張了起來：「什麼四肢？」

「我來解釋一下。」紅修女說：「因爲馬鐵玲願意用自己的手手腳腳交換分數，而且她也把分數全部輸掉了，現在她的四肢已經是屬於本宿舍。」

「這代表了什麼？」趙靜香問。

紅修女拿起了一把鋸子，然後走向馬鐵玲：「嘰！代表什麼？代表我要把她的手手腳腳斬下來！」

「黐線！你們是瘋的！放了我！」馬鐵玲瘋狂掙扎，她的雙手被膠帶弄出深深的血痕。

「別擔心，我剛才說了，妳有一個翻身的機會，由……」紅修女說：「趙靜香代替妳接受懲罰！」

「妳……妳說什麼？！」趙靜香非常驚慌。

紅修女從五十二張撲克牌中抽出了四張9號牌，♠葵扇9、♥紅心9、♣梅花9、♦階磚9，然後放在她們兩人的面前。

「妳們來一場『顏色配對』的撲克牌遊戲，勝出的可以留在宿舍，輸掉的就要把四肢留下！」紅修女的笑容非常恐怖。

「我才不跟妳玩！快放了我！」趙靜香想離開，卻被緊緊地綁在椅上。

「妳不是願意犧牲自己，讓妳的朋友贏出碟仙遊戲嗎？」紅修女說：「現在……妳後悔了嗎？嘰嘰。」

趙靜香的汗水流下，的確，她……後悔了！她沒想到呂守珠說的「附加遊戲」，會是這樣的遊戲！

「是不是……勝出了就不用被斬下四肢？」相反地，馬鐵玲突然變得冷靜。

「對，不用被斬四肢，而且可以繼續在宿舍住下來！」紅修女說。

馬鐵玲……奸笑了。

本來，只有她會被斬去四肢，現在她有機會繼續生存下去！就如紅修女所說，她有翻身的機會！

「不！我不會跟妳們玩的！」趙靜香看著大門的方向大叫：「救命！快來救我！」

「不會有人聽到的！」

紅修女做了指示，兩個黑修女走到她們的身邊，然後在她們的手臂上各打了一針！

「妳們想做什麼？！」被綁住的趙靜香，看著黑修女打下一針：「妳打什麼入我身體？」

「沒什麼沒什麼，不會有事的，只要半小時之內得到解藥，就不會中毒身亡！」紅修女撥了撥趙靜香的頭髮：「不過我先跟妳說，中毒死去前，會全身上下都出現水泡與血絲，很噁心。」

「什麼？！」趙靜香非常驚慌。

「妳就安靜一下，乖乖跟鐵玲玩遊戲，贏出了就給妳解藥！」

《如果有人代你去死，你真的會拒絕？》

趙靜香
VS
馬鐵玲

Chapter #7 - Additional Games #2

附加遊戲2

「趙靜香！妳要冷靜！要冷靜！」她在心中鼓勵自己：「不會有事的，不會！」

兩個女生，也許不會想到一生中會有這樣的經歷，她們不會想到，有這一種「不是妳死就是我亡」的境況！

「現在我來解說顏色配對遊戲的規則。」紅修女說：「『顏色配對』顧名思義就是配對顏色，現在有四張9號牌，分別是♠葵扇9、♥紅心9、♣梅花9、♦階磚9，只要妳們『用任何方法』抽中相同的顏色就代表勝出，每人抽一回合，只要抽中兩次，就可以贏出。

Welcome To Our Game！」

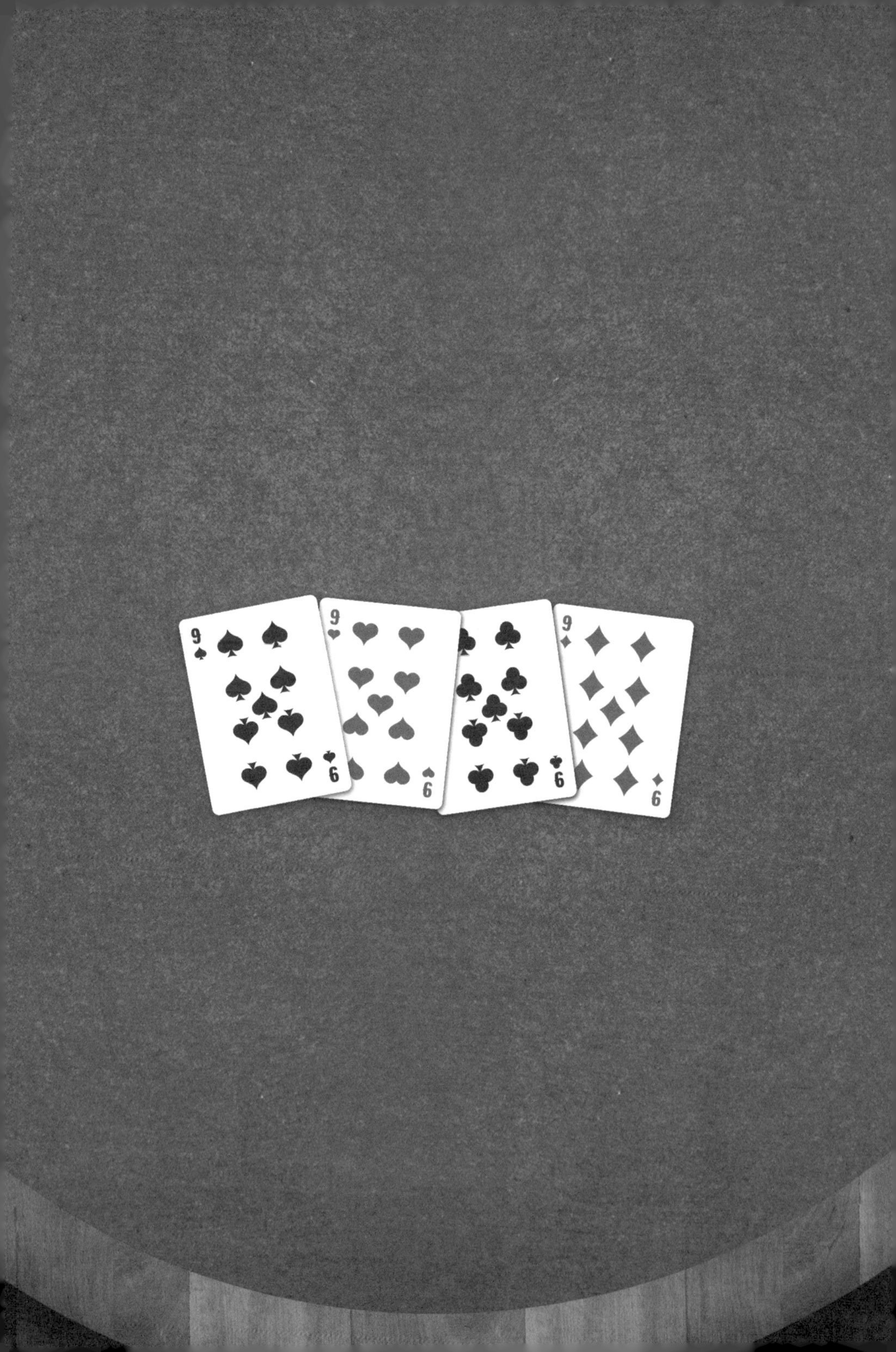

紅修女把四張牌反轉放在桌上，然後，黑修女把她們兩人手上的膠帶鬆綁。

「我們先來試一局。」她說：「趙靜香，妳先。」

趙靜香看著桌上的四張反轉的牌。

「我選一張？」她問，汗水同時流下。

「對，先選一張。」

她選了第三張牌，然後看了一眼。

「給大家看吧。」紅修女說：「放在妳的面前。」

趙靜香把牌打開，放在面前，是♠葵扇9。

「現在妳再抽一張，如果是♣梅花9，妳就可以配對成功。」紅修女奸笑。

趙靜香看著桌上背面一模一樣的撲克牌，她選擇了第三張。

「打開來看看。」

趙靜香慢慢地打開，是……♣梅花9！

在她的臉上出現了喜悅的表情，可惜，這只是測試的回合。

「恭喜妳，妳已成功配對。」紅修女說：「如果這是眞正的遊戲，妳已經贏出了一局。就是這麼簡單，黑色與紅色，二分一的機會！馬鐵玲，妳也明白遊戲規則嗎？」

馬鐵玲急急地點頭。

「等等！」趙靜香問：「你說是兩勝就可以勝出，那先後次序不是很重要嗎？先抽的人可以比另一個人早勝出。」

「妳的腦筋還很清醒呢？其實先抽眞的『有優勢』嗎？哈哈！」紅修女說：「妳們在我手上的撲克牌中抽一張牌鬥大，大的先抽牌。」

趙靜香的想法是對的，但爲什麼紅修女會反問「眞的有優勢」？

馬鐵玲快速在餘下四十八張牌中抽出一張，然後到趙靜香抽出一張。

「現在妳們一起打開來看。」

她們兩個打開牌，馬鐵玲是♥紅心J，而趙靜香是♣梅花5。

「馬鐵玲可以先開始遊戲。」紅修女說。

馬鐵玲的臉上出現了笑容。

紅修女在手上洗勻四張9號牌，然後放到桌子的中央。

「請選擇。」

「我不想被斬手斬腳……我不想……我不想……」馬鐵玲一面念著一面抽。

她瞪大了雙眼，然後抽中間的兩張。

「要一樣顏色……要一樣顏色……要一樣顏色……」

「請打開！」紅修女說：「媽的！連我也興奮起來！嘰嘰！」

比馬鐵玲更緊張的是趙靜香，因爲她已經輸掉了「先抽的優勢」，如果第一回合被馬鐵玲抽中相同顏色的話，她就要先輸一回合。

馬鐵玲慢慢地打開手上的兩張牌……

一個二分一機會的遊戲……

第一局的結果……

「我要抽到一樣顏色！」

馬鐵玲大叫，桌面上出現了……

……

…

·

◆階磚9與♥紅心9！

《聰明的人總是出錯，因爲反而想得太多。》

附加遊戲3

「贏了！贏了！贏了！一樣顏色！我贏了！」馬鐵玲高興地大叫。

對於趙靜香來說，這是最差的結果，先是抽先後輸掉，然後被馬鐵玲先拔頭籌抽到相同顏色！現在她已經完全地落後！

「很幸運呢？鐵玲已經領先一回合，靜香妳要加油了，不然……」紅修女看著身後的工具。

「八婆，妳就代我去死吧！」馬鐵玲用猙獰的眼神看著趙靜香。

趙靜香第一次看到馬鐵玲用這種眼神看著自己，不，她甚至是第一次被人用這兇狠的眼神看著自己！

在生死關頭，只有一個可以存活的情況之下，人的眞本性才會眞正出現，在趙靜香的心中只有一句說話……

「我不想死！」

紅修女已經洗好牌，他再次把四張牌放在桌上。

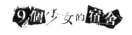

「趙靜香輪到妳了。」紅修女說。

趙靜香看著桌上的四張一模一樣的牌，她決定了跟馬鐵玲一樣，選擇中間的兩張牌。

她先打開第一張，♥紅心9。

然後，她慢慢地揭開第二張牌，趙靜香的手不斷地抖震。

「黑色……黑色……黑色……」馬鐵玲像在念咒一樣，重複地說著。

趙靜香用力地把牌掉在桌上，是……

♠葵扇9！

「啊……眞的對不起，是一紅一黑，沒法配對，趙靜香妳輸掉這一回合！哈哈！」紅修女高興地說。

趙靜香整個人也僵硬了，沒法接受這個結果！

「到我！到我！到我！」馬鐵玲已經急不及待準備下一回合。

紅修女也開始洗牌，然後把四張牌放回桌上。

「靜香，妳眞的危險了，我覺得我這次又可以選中相同的顏色！」馬鐵玲看著她奸笑。

馬鐵玲抽出其中兩張撲克牌。

「不要……不要……」趙靜香不斷地搖頭。

只要再輸一局，趙靜香的手手腳腳……不再是屬於她！

兩張撲克牌打開！

♥紅心9、♣梅花9！

「FUXK！怎會這樣！」馬鐵玲用力拍打桌面。

「真遺憾，趙靜香妳還未需要接受懲罰。」紅修女帶點失望地說。

趙靜香呼了一口大氣，整個人也放鬆下來。

「趙靜香，別要怕，一定能贏的！別要怕！」她繼續在心中鼓勵自己：「一定……一定有方法贏的！」

她再次看著桌上的四張撲克牌。

「二分一的機會，這一回合我一定要抽中相同的顏色！」

就在此時……

「啊？等等……」趙靜香說。

「當然可以等妳，不過別要忘記，半小時後妳沒有解藥的話……」紅修女說。

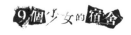

趙靜香做了一個叫停紅修女的手勢，她看著桌上的四張撲克牌在思考。

「不對……一點都不對……」趙靜香在搖頭，自己在腦海跟自己說話：「根本……根本不

是二分一機會！」

她終於想到了！

要抽出兩張同顏色的機會，不是二分一，而是……

三分一！

《能夠冷靜地思考，對致勝最有功效。》

Chapter #7 - Additional Games #4

附加遊戲4

♠葵扇9、♥紅心9、♣梅花9、♦階磚9四張撲克牌。

抽出兩張相同顏色的機會就是……「紅紅」、「黑黑」、「紅黑」、「黑紅」。

二分一的機會。

不過，這是「錯誤的假象」。

正確應該是「紅紅」、「黑黑」、「紅黑」×2、「黑紅」×2，三分一的機會！

更簡單的解釋，例如在測試時趙靜香先打開一張牌，是♥紅心9，此時，桌上就餘下♠葵扇9、♣梅花9、♦階磚9。紅色只有一張，要第二張牌抽中「紅色」，其實是……

三分一的機會，不是二分一！

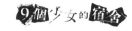

紅修女一直也誤導她們兩個女生！

「趙靜香……」紅修女已經放好洗勻的四張牌。

「別吵！」趙靜香阻止了紅修女說話，她繼續在思考。

紅修女暗笑，他知道趙靜香已經發現了什麼。

在遊戲的最初，馬鐵玲首先抽到❤紅心J，得到了最大的優勢，不過，紅修女卻說「先抽眞的有優勢嗎」這句奇怪的說話。

明明就有百分百的優勢，爲什麼他會這樣說？

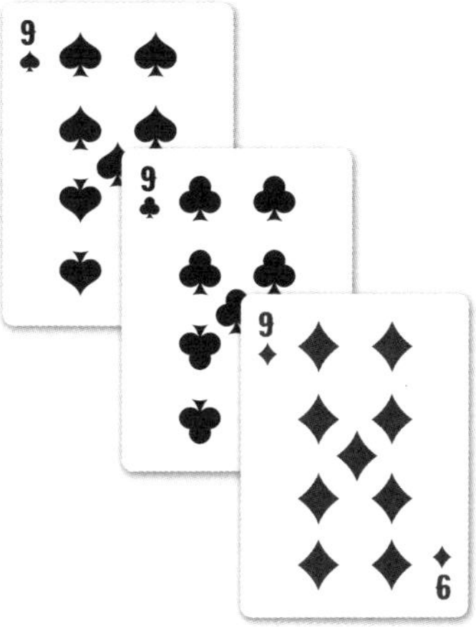

趙靜香認眞地看著桌上的撲克牌。

「他的說法，就是先抽的人沒有優勢，即是後抽的人才有優勢，爲什麼要這樣說？」趙靜香在想著這個問題：「後抽的優勢是什麼？」

第一次抽牌　♦階磚9　與　♥紅心9　馬鐵玲贏

第二次抽牌　♥紅心9　與　♠葵扇9　趙靜香輸

第三次抽牌　♥紅心9　與　♣梅花9　馬鐵玲輸

趙靜香回憶起剛才三局的情況。

她突然好像明白了什麼！

「三分一的機會……先抽的人沒有優勢，而後抽的人可以多一回合『觀察』牌局！」趙靜香在腦海中繼續分析：「現在，我看了鐵玲抽了兩次，而她只看到我抽一次，這樣說，可以觀察牌局次數愈多，就愈有優勢嗎？」

「妳想好了沒有？！快點抽吧！賤人！」馬鐵玲大罵。

趙靜香瞪大了雙眼……

「我……看到了！看到了！」

四張牌的確是一模一樣，不過，在牌的角位，也有一模一樣的「記號」！很細的一點！因爲四張牌都是一樣有「一點的記號」，所以大家也沒有發現！

不過，四張牌雖然有一點的記號，但有一個「不同」的地方！

其中兩張牌是調轉了！

現在，有兩張上面有點、有兩張是在下面有點！

這是紅修女的「提示」？還是「巧合」？趙靜香想到了一個方法去證明。

「我想……再洗一次牌。」趙靜香跟紅修女說。

「當然沒問題。」

紅修女二話不說，他拿起四張牌，再次在手上調亂，然後放回桌上。
沒有……
沒有改變！
還是有兩張上面有點，有兩張是下面有點！
「再洗一次。」趙靜香還未確定，所以想再看一次。
「沒問題。」紅修女又再爽快地回答。
「妳在搞什麼鬼？！」馬鐵玲完全不明白她的用意。
紅修女很快把四張牌洗好，再次放在桌上。
沒錯……
第三次，也是兩張牌上方有點，另外有兩張是下方有點……
趙靜香知道……這不是「巧合」！
她……笑了。
她快速抽出同樣上方有點的兩張牌，然後，信心十足的打開！

《別忘記，所有的賭局，也不會是對你有利。》

Chapter #7 - Additional Games #5

附加遊戲 5

♠葵扇9與♣梅花9！

「太……太好了！」趙靜香高興地大叫：「抽……抽到了！」

「不錯不錯，趙靜香贏回一局，現在是一比一，下一次誰先抽到同色，就可贏出這次附加遊戲！」紅修女提高了聲浪。

趙靜香看著桌上的牌，露出了自信的笑容，她在心中跟自己說：「我已經知道『技巧』，沒問題的！」

可惜，趙靜香喜上眉梢的表情，讓馬鐵玲發現她有一點不妥。

如果馬鐵玲知道撲克牌上有記號，反過來說，趙靜香必敗！

「快開始下一局吧！」趙靜香不想讓馬鐵玲思考太多。

「等等……」馬鐵玲把桌上的四張牌拿起來看。

「她不能這樣做！」趙靜香看著紅修女，指著馬鐵玲。

Pharmaceutical Sandoz
00 — XX IVO
Fentanyl Transdermal
System

「不，沒有不能看牌、觸摸牌的規則。」紅修女奸笑：「馬鐵玲妳隨便看吧。」

馬鐵玲拿著四張牌在打量，她回憶起趙靜香在剛才的回合爲什麼要紅修女不斷洗牌，然後……

她終於看到牌上的記號！

「原來如此……原來如此，哈哈！」馬鐵玲大笑：「靜香，這次妳是敗在妳自己的手上！妳讓我『看到了』！」

趙靜香以爲會必勝之時，卻被馬鐵玲發現了必勝的方法！趙靜香把自己推向了……死亡！

「紅修女，妳可以洗牌了！」馬鐵玲說。

紅修女拿過了馬鐵玲手上的牌，再次洗勻，她運用洗牌技術，把同色牌的點放回正確的位置。

她把四張牌放回桌上，馬鐵玲看了一次後說：「我想再洗一次。」

「沒問題。」紅修女說。

她用了上一局趙靜香確認的方法。

紅修女洗好，又再次放回桌上。

「再洗一次。」馬鐵玲說。

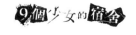

紅修女第三次洗牌，放回桌上。

四張撲克牌，三次洗牌，都是兩張上面有點、兩張下面有點。

馬鐵玲瘋狂大笑！

「媽的！眞的是這樣！我明白了！」馬鐵玲看著趙靜香：「去死的人是妳！被斬手斬腳的人是妳！」

趙靜香皺起了八字眉，她的汗水已經從下巴滴在地上。

「等等。」趙靜香看著紅修女說：「是不是沒有不能觸摸牌的規則？」

「沒錯。」

趙靜香立即伸手把四張牌拿起來！馬鐵玲看到傻眼！

「我可以用手拿著牌，然後給她抽？」趙靜香問。

「當然可以，嘰！」

紅修女心想，愈來愈精彩了。

「哎呀！」

此時，趙靜香不小心把牌掉在地上，她連忙把牌拾起。不，她不是不小心，是有心這樣做！

她要把牌全部上與下掉回同一方向！

她兩手拿著牌，用手掌遮住半張卡牌，而在四張牌的上方也沒有記號，記號全部都換到下方去！

「不錯，原來還有這一招呢。」紅修女心想。

現在撲克牌沒有了記號，又回到了三分一的機會率之中！

「妳還等什麼？」趙靜香看著馬鐵玲：「快抽吧！」

《你有想過別人死嗎？同時，你覺得有人想你死嗎？》

附加遊戲 6

本來必敗無疑的趙靜香，想到了這個拯救自己的方法！

紅修女沒有阻止，代表她的舉動是規則默許的！

「快抽吧！」趙靜香說。

「我要再洗牌！」馬鐵玲說。

「對不起，只可以提出再洗牌兩次，妳已經用完了。」紅修女說。

爲了讓遊戲更可觀，某些規則都是由紅修女自定。

無可奈何之下，馬鐵玲伸手去抽第一張牌，趙靜香心裡暗念：「紅色！紅色！要抽紅色！」

爲什麼要她抽紅色？

因爲趙靜香的計劃不只是把牌調轉這麼簡單！只要馬鐵玲抽走一張紅色的牌，趙靜香就可以立於 **100% 不敗之地！**

她是怎樣做到？

馬鐵玲摸著趙靜香手上的♠葵扇9，趙靜香瞪大了雙眼。馬鐵玲沒有抽出那張♠葵扇9，而是抽出了旁邊的♥紅心9！

趙靜香暗暗在微笑。

第一張牌，明明紅色與黑色都是二分一的機會，爲什麼趙靜香想馬鐵玲抽到「紅色」？趙靜香把手上的三張牌收起來洗亂。

「妳想做什麼？！」馬鐵玲指著她。

「我想洗亂這三張牌再給妳抽！不可以的嗎？」趙靜香看著紅修女問。

「被抽牌的人當然可以。」紅修女笑說。

然後，趙靜香再次把三張牌拿到手上：「現在是生死關頭，我只想洗亂一下！妳抽吧！」

馬鐵玲看著趙靜香手上的牌，在中間的那一張，上方有一點的記號！

「妳……想我抽這一張？對吧？」馬鐵玲伸手到中間的牌。

趙靜香再次皺起了眉頭。

「別當我是傻的！我才不會中妳的計！」馬鐵玲奸笑：「我想妳也知道抽牌不是二分一的機會而是三分一的機會吧？現在妳這樣做，是因爲妳想我抽這一張『單一有點』的卡牌？不過，很明顯，這也代表了中間的牌『不是我要的牌』，妳眞的很笨！我肯定中間的不是紅色，一左一右兩張的其中一張才是我要的♦階磚9，妳把我的機會由三分一變回二分一了！」

原來，馬鐵玲也知道機會率的問題！

她轉移了方向，抽出了左面的一張牌！

她快速地把牌打開放在桌上，是……

♠葵扇9！

馬鐵玲的樣子像掉入了化糞池一樣，趙靜香卻自信地微笑！

上方有一點記號的牌是♦階磚9？

才不是。

那張沒有被抽到的牌是♦階磚9？

也不是。

在趙靜香手中……根本就沒有**♦階磚9**！

她把一張牌反轉讓馬鐵玲看到記號，的確是不想馬鐵玲抽到這張牌，不過，這張牌根本就不是♦階磚9，在她手上的三張牌……

都是黑色牌！

即是說，無論馬鐵玲抽那一張，也不會出現紅色的牌！

怎會這樣？

趙靜香爲什麼會有三張黑色的牌？

因爲在她手上的牌是♠葵扇9、♣梅花9，還有……

……

♣梅花5！

這張♣梅花5是她們在最初鬥大細時，趙靜香抽到的那一張，她把♦階磚9換成了♣梅花5，所以馬鐵玲怎樣抽也不會抽到相同的顏色！

紅修女說出規則時，有說過「用任何方法」贏出比賽，現在趙靜香就用了她的「調包」方法！當然，紅修女是知道的，他沒有阻止，證明了趙靜香的「出千」是暗地裡合法！

不過，如果被對方揭穿呢？

規則沒有說明，趙靜香沒法知道被揭穿的後果，所以她決定了把♣梅花5的記號給馬鐵玲看，讓她不去抽出中間那張♣梅花5，這樣就不會被揭穿！

「看來……妳的幸運已經用完了。」趙靜香說。

說話的同時，趙靜香悄悄地把♣梅花5換回♦階磚9，紅修女當然也沒有阻止。

「現在……到我抽了！」

《我們都活在很多的潛規則之中，你能看得出來嗎？》

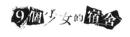

附加遊戲 7

Chapter #7 - Additional Games #7

「妳的運氣才用完！去妳的！」馬鐵玲怒罵：「到你抽牌，再來三分一的機會，不信妳可以抽到！」

馬鐵玲把四張撲克牌搶過來，然後洗亂。

「對不起。」

趙靜香突然輕聲地說出了這三個字，馬鐵玲沒有聽到。

馬鐵玲拿著牌在桌下專心洗牌，當然，她也跟趙靜香一樣，把四張牌的上下方向統一，不讓趙靜香看到。

就在此時……

馬鐵玲發現了……♥紅心9與♦階磚9兩張牌的角落位置……有一處很細小的摺角！

「嘿嘿嘿嘿……嘿嘿嘿嘿……嘿嘿……」馬鐵玲暗笑。

這個摺角不是馬鐵玲自己留下，不是她，那必定是趙靜香留下！

馬鐵玲發現之後，她同樣做了「手腳」。

她把♥紅心9的摺角拉回正常，然後把♣梅花9輕輕做了摺角！當趙靜香抽牌時，如果她抽出做了摺角的兩張牌，就會變成**不同顏色**！

完成之後，馬鐵玲把牌拿在手上。

「趙靜香，妳可以抽了。」紅修女說。

馬鐵玲把四張牌用雙手拿著，趙靜香看著其中兩張輕輕摺角的撲克牌，她抽出了第一張，然後打開放在桌上。

是♦階磚9。

然後，她再次向馬鐵玲拿著的三張牌伸手……

她快速一抽，拿走其中一張！

她拿走了沒有摺角的牌！

馬鐵玲瞪大了眼睛，看著自己手上的牌！

「我知道，妳一定發現我摺了角，妳其實可以把兩張摺角的牌全部拉直，然後不讓我知道那一張是摺角的牌。」趙靜香拿著那張牌，看著馬鐵玲：「不過，我非常肯定，妳不會把四張牌變回正常，妳反而想『陷害我』抽錯牌，所以妳會在牌中再做手腳，讓我以爲抽到兩張摺角的牌就會贏。」

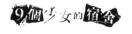

馬鐵玲的汗水從她的臉頰滴在桌上。

「我已經知道妳的想法，所以，我第二張牌才不會抽摺角的牌！我的說法，有錯嗎？」趙靜香說。

馬鐵玲已經沒法回答她。

如果她不是想趙靜香掉入「陷阱」，她也許有更大的贏面，可惜，她卻墮入了「人性」的黑暗面之中，用奸計讓趙靜香抽到不同顏色的牌。

反而曝露了眞正的答案！

她的想法，完全被趙靜香看出了！

不過，問題在，就算趙靜香是抽不摺角的牌也好，亦有機會是♠葵扇9或是♥紅心9。現在，她抽出的牌……是什麼？

二分一的機會。

眞的是……二分一機會嗎？

不，趙靜香在上一回合，已經想好了摺角的「第三步計劃」，其實，還有……

第、四、步！

趙靜香打開手上的牌放在桌上，這張牌是……

♥紅心9！！！

趙靜香抽中了♦階磚9與♥紅心9！

配對顏色成功！

「怎可能的？！不可能的！！！！」馬鐵玲面容扭曲地咆哮。

「恭喜妳靜香！妳成功勝出兩局，可以繼續留在今貝女子宿舍！」紅修女高興地說：「我眞的沒想到妳會想到這樣的計劃！」

「她出千！她不可能知道那一張是♥紅心9！」馬鐵玲指著她大叫。

趙靜香沒有說話，她只是泛起淚光看著馬鐵玲。

「妳現在發現已經太遲，遊戲已經結束了，不過，跟妳說也無妨！」紅修女說：「趙靜香把牌摺角，其實只是『陷阱』。」

剛才不是已經解釋了嗎？

不，這只是「第三步計劃」，把馬鐵玲引開的計劃。

「比較明顯的摺角，只是讓妳以爲趙靜香會這樣做記號，把妳的注意力吸引在那個角上……」

紅修女指著，♦階磚9與♥紅心9上方「中間」的位置。

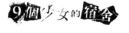

馬鐵玲看到了那個「陷阱」！她不斷地搖頭！

在牌中間的位置，有手指甲留下的指甲跡！一點都不明顯，不過只要對方雙手拿著牌，在光線反射之下，還是可以清楚看到！

抽牌的人可以清楚看到！

這是……「**雙重記號**」！

抽有指甲跡的牌才是眞正的同色牌！

剛才趙靜香輕聲說的「對不起」，就是因爲她已經設下雙重陷阱，才會對馬鐵玲說。

「馬鐵玲，非常抱歉妳輸掉了，妳現在要兌現自己的承諾！」

第一次看到紅修女這麼興奮，他就像死神來臨一樣他媽的興奮！

「交出妳的雙、手、雙、腳！」

《你會掉下同一個陷阱兩次嗎？不，原來還有第三個陷阱。》

Chapter #7 - Additional Games #8

附加遊戲8

那年。

十六歲那年的她。

馬鐵玲睡在那個比她大十年的男人身邊。

「我……沒試過，我有點怕……」穿著校服的馬鐵玲說。

「不用怕，不會痛的。」男人撫摸著她的身體。

「但我聽同學說第一次會痛。」

「放心，不會太痛的，我不會傷害妳，會一生一世保護妳。」男人開始吻她的頸部。

年輕的她，相信了男人的承諾，相信了一生一世。

他媽的「一生一世」。

直至，兩個月後，她發現自己懷了那個男人的小孩，而那個男人已經不知所蹤，她終於明白什麼是「愛情」。

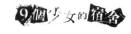

同時，再不相信「愛情」。

一個月後。

深圳某地下醫院內。

還是學生的馬鐵玲，想起了這一個月東撲西撲去問同學與朋友借錢，就是爲了「墮胎」。

冷嘲熱諷當然不會少，有些同學甚至把她說成「男人公廁」，她只能一個人默默承受。

她一個人坐在生鏽的長椅上等待著，地下醫院的燈光昏暗，有些還會一閃一閃，只有十六歲的她，終於流下了眼淚。

她再不相信愛情，同時她知道自己需要錢……

很多很多的錢！

只要自己有錢，就不用被別人白眼與奚落。

只要自己有錢，就不需要來這個鬼地方。

「馬鐵玲！」那個肥護士叫著她的名字。

她收起了淚水，走向了病房。

那個像豬肉佬的男醫生診斷了馬鐵玲的情況以後，有兩個方法去處理，一是「塞藥」，另一個是「刮宮」，最後，醫生推薦馬鐵玲做刮宮。

其實，一般只有在懷孕三個月前才能用刮宮的方法把胎兒刮出來，超過三個月不宜採用刮宮手術。爲什麼醫生選擇了做刮宮的手術？

只因，他能夠收的醫藥費……「更高」。

爲了錢，人類沒有什麼不能做出來。

馬鐵玲在冰冷的病床上等待著，她看著灰灰的天花板，在牆角，那隻蜘蛛已經築起了錯綜複雜的蜘蛛網。

不久，下半身的麻醉藥開始生效，醫生也開始做刮宮流產手術。

馬鐵玲張開了兩腿，醫生用一支棒狀的宮頸擴張器把子宮頸擴張到足夠大小。

「醫生……痛！」明明打了麻醉藥的馬鐵玲，卻感覺到痛楚。

「忍耐一下。」醫生簡單地說。

「但……」

子宮頸擴大之後，醫生再用末端有刮匙的細長金屬棒……伸入子宮內！

馬鐵玲痛到不能說話，只能雙手緊緊握著發黃的床單！

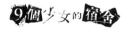

「很深，多等一會，很快取出來。」醫生用國語說。

馬鐵玲已經沒法聽到他的說話，在她的腦海中，只出現那個賤男人的樣子，還有那班說她

壞話的豬朋狗友！

她想報仇，但知道自己根本沒有這能力！

她知道自己不能再做無知少女，她要在這個可怕的世界生存，就要比別人更狠！更毒！

每一個在大都市生活的人，也許小時候得到的教育都是要我們做一個「善良」的人，不過，善良眞的可以在這個社會中生存嗎？

善良的人會被奸險的人欺騙，不只這樣，善良的人還要受到像馬鐵玲一樣的「懲罰」，妳會繼續做善良的人？

再說一次，「你」會選擇繼續做「善良的人」嗎？

每一個貪婪的人，背後都曾經有一段不爲人知的可怕故事。

因爲有這樣的經歷，才會變成了……

「現在的自己」。

馬鐵玲已經忍耐不住痛哭，**瘋狂地大叫！**

《我們的過去，讓我們變成了一個更好的人？還是更壞的人？》

Chapter #7 - Additional Games #9

附加遊戲9

「呀……呀……呀……呀！」

今貝女子宿舍的天台，傳來了痛苦的慘叫！

「不要……不要！」趙靜香用雙手掩著耳朵，瑟縮在牆角。

她贏出了附加遊戲，得到了解藥後，沒有立即被送回自己的房間，她被帶到行刑房旁的另一個房間。房間空空如也，只有一台電視機。

最可怕的是，房間的牆壁非常薄，行刑房發出的痛苦叫聲清晰地傳到她的耳內。

馬鐵玲痛苦的叫聲傳到趙靜香的耳內。

聽著慘叫聲，趙靜香痛苦地哭著，馬鐵玲的下場她沒法想像，不過，她卻是贏了馬鐵玲的人，讓她得到了現在的結果！

此時，前方的電視機突然開著，畫面上出現了像美國卡通人物的卡通片。

「如何把一隻豬的手腳斬去？」

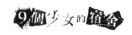

螢光幕出現了卡通的標題後，一個像大力水手的男人，他笑咪咪看著身邊的一隻大卡通豬，而且還播放著滑稽的背景音樂。

「歡迎來到『屠豬的世界』，首先，我們要在豬的四肢打麻醉針！」

水手在那隻豬四肢打針，然後他拿著一把豬肉刀，一刀劈落豬的左手，畫面頓時血花四濺！

「一刀是劈不斷的，因爲骨頭非常堅硬，所以要一直劈一直劈，把骨與肉完全地分開。」水手一面解釋一面用力地劈下。

然後他輕輕一扯，豬的整隻左手手臂被拉了出來，血水不斷從豬的身上噴射而出！

卡通豬好像沒有什麼感覺一樣，看著水手。

然後水手掉了手上的豬肉刀，在木箱中找尋另一樣工具，他拿出了一把……鐵鋸！

「要鋸穿皮膚一點都不困難，最困難是鋸斷手臂上骨頭。」水手微笑說。

他在豬的右邊手臂量了一量，然後一刀鋸下去！血水濺到他的臉上！

「這樣鋸下去，可以把手臂鋸得很整齊。」水手說。

他愈鋸愈快，直至整隻右手掉在地上，畫面移到豬的上臂，上臂的橫切面不斷流出血水，水手用手指插入豬手臂的肌肉內，大豬終於有反應，牠想一手推開水手，可惜，牠發現自己的雙手已經被斬去！畫面突然出現了搞笑的音效！

當然，這只是一套卡通片，但如果發生在人身上的話……

「好了，現在來到雙腳了，首先是左腳，因爲小腿的骨比手臂更堅硬，所以，這次我們需要一把電鋸！」水手從木箱中拿出一把電鋸：「我們要從脛骨之間下鋸，這樣才比較簡單把小腿鋸下來！」

水手在大豬的小腿上量好了位置，然後開啓電鋸，可怕的電鋸聲出現！電鋸接觸到骨頭發出了「咯咯」的聲音，血水因爲電鋸的轉動濺到水手的臉上，他的臉除了血水，還有被鋸碎飛起來的皮膚！

同一時間……

趙靜香聽到了電鋸聲！

不是由電視機傳來，而是在牆壁後面傳來！

《骨頭硬，還是人心硬？》

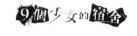

附加遊戲10

Chapter #7 - Additional Games #10

「不要……不要……」

趙靜香用盡全身的力量掩著雙耳，可惜電鋸的聲音依然從隔壁傳過來！

她把電視上的畫面跟隔壁的幻想畫面合併了起來！

大豬變成……馬鐵玲！

她心裡慶幸，馬鐵玲沒有發出痛苦的大叫聲！

「只是嚇嚇我的……不是眞的……不是……只是卡通片……」

趙靜香心中不斷重複這句說話，她不想把馬鐵玲與那頭豬聯想在一起。

隨著電鋸聲停止，卡通畫面卻沒有停下來。

「來到最後是右腳了，我會用一個沒人用過的方法把豬腳切下來。」

他在工具箱中拿出了一個……鐵鎚！

「我要把牠的右腳骨頭搽碎，然後把整隻腳扯出來！」

水手一下又一下錘在右腳之上！骨碎的聲音不絕於耳！卡通中的豬終於痛苦地大叫！

一下、兩下、三下……水手沒有停止的意欲，他一直錘一直錘，他全身已黏滿了爛皮與血漿，就算是卡通片，也感覺到血腥的味道！

右腳已經完全被錘碎，水手向外拉，皮膚開始撕裂！他繼續用力拉，直至大腿與小腿完全分開！

他拿起了右腳，然後擺出一個勝利的姿勢，在水手身後的大豬已經奄奄一息，牠的四肢已經被切去，只餘下豬的身體。

卡通片已經完結？

不，最可怕的情節現在才開始。

水手脫下了褲子，然後看著那隻大豬……

「對，我忘了說，牠是一隻……母豬！現在我要享受了，再見各位小朋友！」

水手說完後，終於出字幕，畫面停留在他說再見的一幕，不過卻出現了……

呻吟的聲音！

電視機自動關上，同一時間，房間的大門打開。

「不要過來！不要！」趙靜香聲淚俱下。

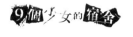

是一個穿著黃色修女服的修女，她慢慢地走向了趙靜香，趙靜香合上了眼睛，不敢正視她。

「妳要乖，不能說出附加遊戲的事，不然，妳就會變成下一個……馬鐵玲。」她說。

趙靜香呆了，這把聲音是一位她認識的人！趙靜香慢慢地張開眼睛，看著她。

她是……呂守珠！

「爲什麼……」

正當趙靜香想說話之時，黃修女做了一個安靜的手勢。

「我是來提醒妳的，別要把遊戲內容告訴任何人！」黃色修女說。

然後，她把一張字條放入趙靜香的手中。

「現在，會有人帶妳離開，回到房間。」黃色修女說完把趙靜香拉起來。

趙靜香完全不知道發生了什麼事！

黃色修女把她推出房間，就在門前，她在趙靜香耳邊說：「別要再白痴地幫助其他人，妳要……活下去！」

一切來得太突然，剛才經歷了一套「可怕的卡通片」後，現在，趙靜香要找的人竟然出現了！而且還穿上了黃色的修女服！

趙靜香被兩個黑修女拉走，她回頭看著站在門前的呂守珠。

她沒有任何笑容，只是用一個嚴肅的表情看著趙靜香。

直至……房間的門關上。

究竟，這所「今貝女子宿舍」，曾經發生過什麼事？

又隱藏著什麼不爲人知的秘密？

……

…

.

行刑房內。

只餘下他跟她。

赤裸的紅修女坐在地上抽著煙，別人總叫這做「事後煙」。

他的身上除了滿是汗水與血水，還殘留著他自己的……精液。

「媽的，這是我最後一次用了，嘰嘰……」

紅修女看著前方的那個人。

「妳成爲我完全變性前，最後一個女人！」

在她面前，有一個女生坐在木椅之上，她……一直都坐在。

而地上與牆壁，已經佈滿了血水，血腥的味道完全籠罩著整個房間。

「她」一動也不動地看著前方……

「她」寧願自己快點死去……

因爲已經打了麻醉針，「她」的四肢完全沒感覺……

畫面由紅修女的方向，跟著流出的血水一直向前，「她」就在木椅上……

一個赤裸的女生……

一個已經被斬去四肢的女生……

一個失血過多已經奄奄一息的女生……

眼神空洞地看著前方。

她寧願自己快點死去。

要在麻醉藥失效前死去，不然……她將會感受到終極的痛楚！

紅修女穿回衣服，他走出了行刑房，在門前他拿出了手機，回頭拍攝房間。

沒有四肢的女生坐在木椅之上，地上滿是血漿與工具，還有本來屬於她的手手腳腳……

其中一隻右腳，也不能說是「腳」，因爲腳骨已經完全被錘碎。

「咔嚓！」快門發出聲音。

一張「藝術」作品完成了。

紅修女高興地關上大門。

他再也沒有回到房間。

《你只是在看一套卡通片，只是卡通片。》

OUT

chapter #8
Outside
場外

Chapter #8 - Outside #1

場外1

碟仙遊戲後，已經過了一星期。

入住「今貝女子宿舍」的八個女生，起了很大的變化。

自從馬鐵玲「離開」之後，一直音訊全無，當然，唯一一個知情的人，她不能說出當晚發生的事，同時，她也沒有心情說出來。

趙靜香已經一個星期沒有回到診所上班，她一直留在六號房內，不想見任何人。

其他不知情的女生，得到了豐厚的收入，她們用錢還債的還債、買名牌的買名牌，過著一直以來夢寐以求的生活。

當然，她們都有各自的理由想繼續在這女子宿舍住下來。

白沙灣一所露天咖啡店，其中兩個入住宿舍的女生相約在此交換情報。

她們正是一星期前，在後花園聊天的許靈霾與吳可戀。

當時，吳可戀曾叫過許靈霾救她。

「這露天咖啡店，沒有 Wi-Fi，我們也用另外一台手機聯絡，就算被監視，他們也不會知道我們在說什麼。」吳可戀說：「而且我們在遊戲後的一星期才見面，他們不會想到我們是在討論遊戲的事。」

許靈霾看看附近也沒有其他客人。

「放心，這裡是我前度開的，不會有問題。」吳可戀說。

「明白，我們現在可以交換情報了。」微風吹起許靈霾的長髮：「我想知道妳爲什麼要我救妳？當然，我先說明，我還未完全相信妳。」

「我會把全部事情都告訴妳，包括我知道妳的『工作』。」吳可戀說。

許靈霾裝作鎮定，她跟男人上床的事，就只有最熟的一兩個好姐妹知道。

「是鈴木詩織跟我說的。」吳可戀說。

「爲什麼她會知道？」

「因爲她也有做……援交。」吳可戀說：「Peter Au 妳應該認識吧？」

許靈霾沒有回答她，等待吳可戀的說話。

「她是妳最初入行的經理人，對？他也是鈴木詩織的經理人。」

原來，鈴木詩織得到了 Peter Au 的秘密「數簿」，當中列明了曾經加入他旗下的女生，許靈霾的名字自然出現在他的資料之中。

「世界上，沒有眞正的秘密。」許靈霾喝了一口朱古力咖啡。

「沒錯，所以我知道妳的事。」

「但就算妳知道這些，我又爲什麼要相信妳？妳說拯救妳又是怎樣一回事？」

「鈴木詩織跟我爸……搞在一起。」吳可戀眼睛泛起了淚光：「她利用她跟我爸的關係，威脅我。」

鈴木詩織絕不是一個簡單的女生，而吳可戀的父親，是一位略有名氣的立法會議員，如果他跟一位未成年少女上床的事被公開，相信，不只是身敗名裂這麼簡單，甚至會成爲過街老鼠。

「妳明明就有一個高薪厚職的爸爸，爲什麼要去打工？」許靈霾問。

「因爲我……反叛。」吳可戀看著海浪拍打著岸邊：「從小到大，我也跟著他的規則去做人，其實我想擁有一個屬於自己的人生。我來問妳，妳會因爲家人有名利有地位，而永遠都活在他們的庇護之下嗎？」

許靈霾當然不會，也許每一個人都想活出自己的人生，而不是別人給自己的人生。

「我很討厭我爸爸，他竟然搭上了比我年紀更小的未成年少女，不過怎說他也是我的父親，我唯有乖乖聽詩織的說話去做。」吳可戀再一次提醒：「我想跟妳說，鈴木詩織絕對不是一個簡單的人，她的頭腦也許會在我們之上。」

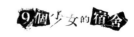

「是這樣嗎？」許靈霾有點不認同。

「她手上有我爸爸與她的影片與相片，她會一直用這個方法威脅我。」吳可戀說：「所以我才說想妳救我。」

「我又怎救妳？」

「如果可以，我想跟妳合作，當然，我會假裝跟詩織繼續合作，然後找出她的把柄，不再讓她威脅我！」吳可戀想來一場反擊。

許靈霾想了一想，然後把手機的螢光幕反轉。

「好吧，我已經把妳的說話錄下來了。」許靈霾笑說。

「什麼？」

《他說相信你，你又真的會相信他？現實世界就是一個信任遊戲。》

Chapter #8 - Outside #2

場外2

「這就是信任的『證明』。」許靈霾說：「如果妳眞的想跟我合作，妳就相信我不會把錄音給任何人聽，直至我們完成計劃後我會把錄音刪除，妳明白我的意思？」

其實，許靈霾大可不告訴吳可戀錄音的事，反過來再威脅她，不過，現在許靈霾說出了自己錄音的事，反而變成了合作的「契約」。

吳可戀當然明白這一點。

「我明白的。」吳可戀說：「我相信妳。」

「爲了達成我們的合作，我也會告訴妳我所知的事。」許靈霾說：「首先，我想跟妳說，我是『有計劃』去入住今貝女子宿舍。」

「什麼？」吳可戀第二次被許靈霾嚇到。

許靈霾看著落地玻璃咖啡店內，然後做了一個手勢。

一個男人走向她們，他看似三十來歲，頭髮向後梳，臉上滿是鬚根，有一份成熟男人的味道。

「妳好，我叫黃伊逸，是許靈霾的朋友。」黃伊逸微笑伸出手。

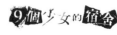

「發生什麼事？」吳可戀看見俊男有點尷尬。

「伊逸是私家偵探，他跟我合作一起調查今貝女子宿舍。」許靈霾說。

「調查？等等，愈來愈古怪了，爲什麼要調查宿舍？」吳可戀在分析著整件事，當然她想得到更多的情報。

「我有一個朋友，她在半年前入住這所宿舍，不過，現在音訊全無，失蹤了。」許靈霾說：「而伊逸是我的朋友，我找他調查，才發現，他也正在著手同一個調查項目。」

「靈霾叫我出現，代表了她已經相信妳，所以我會跟妳說出我調查宿舍的事。」黃伊逸在他的背包中拿出一本書。

一本叫《APPER 人性遊戲》的小說。

「九個月前，這本小說的作家委託我調查小說的銷量問題。」黃伊逸說。

「銷量？跟宿舍有什麼關係？」吳可戀問。

「九年前，這是他出版的第一版《APPER 人性遊戲》，當年他還未是一位暢銷作家，之前出版了四本小說都只是賣幾百本，這本小說卻多賣了一千本。」黃伊逸喝了一口許靈霾的朱古力咖啡。

「多賣了一千本有什麼古怪？可能開始變得受歡迎吧？」吳可戀說。

「的確，當年他也是這樣想。」黃伊逸說：「不過，就在一年多前，這位叫子瓜的作家因爲自己開了出版社，認識了第一版《APPER 人性遊戲》的發行商，他翻查了當年《APPER 人性遊戲》的銷量，發現這本書多賣出的一千本小說，不是在書店銷售，而是直接賣到一個奇怪的地址。」

「等等。」吳可戀托著腮思考：「當時的出版社有沒有跟作家說，書是賣到了另一個地方？」

「沒有，因爲出版社根本不用向作家說明小說在哪裡賣出，只要給作家版稅就可以了。」黃伊逸解釋。

「書運到的地址，就是……『今貝女子宿舍』。」許靈霾代黃伊逸說。

「什麼？」

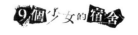

「《APPER人性遊戲》這本小說，就是描寫一班人參加一些鬥智的變態遊戲，同時一步一步揭開最後的眞相。」黃伊逸揭開了桌上的小說：「妳不覺得，很像妳們參加的遊戲？」

「妳意思是，宿舍是跟著這本小說……」吳可戀咬咬手指：「讓入住的女生玩遊戲？」

「聰明，更正確的說，這部小說，就是我們宿舍遊戲的……『藍本』。」

《你不會知道，你的創作，最後會變成怎樣的傳頌。》

場外3

「子瓜是我朋友，他說怎麼也是自己的作品，小說被拿來做『藍本』，爲什麼不通知他一聲？所以他想我繼續調查下去，我當然會這樣做，嘿。而且，正好靈霜的朋友入住宿舍後音訊全無，她來找我調查，那我們就開始合作調查這間奇怪的宿舍。」黃伊逸看著許靈霾。

「一個多月前，我另一個朋友把一個免費入住宿舍的廣告相片發給我，讓我聯想起我那個失縱的朋友，所以，我決定了自己親身入宿看過究竟。」許靈霾說：「我才發現，原來就是我朋友當時入住的宿舍。」

「而我就在外面協助她！」黃伊逸笑說。

吳可戀看著許靈霾，她依然是冷冰冰的沒有表情。

「我眞的沒想到會是這樣……」吳可戀想了一想：「妳那個失縱的朋友，她有沒有跟妳說宿舍的事？」

許靈霾搖頭：「她跟我們一樣，修女都說不能說出去，她比較單純，應該會聽聽話話，所以沒有跟我說什麼。不過，最後一次給我電話，她曾跟我說有一個叫呂守珠的人救了她。」

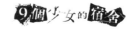

「呂守珠？」吳可戀說：「等等，妳把這些事都告訴我是有什麼原因？」

「妳不是也開了錄音程式嗎？」許靈霾指指她反轉的手機：「現在，我們可以互相信任了吧？」

吳可戀一臉愕然，的確，被許靈霾說中了。

也許，有很多的關係，都建築在「互相利用」的基礎之上，但不代表互相利用就是不能合作的關係。

許靈霾非常清楚這一點。

吳可戀苦笑了。

「現在……」黃伊逸把椅子移到她們兩人中間，然後一左一右搭住她們的肩膀：「靈霾幫助妳去解決問題，而妳又幫助靈霾調查宿舍，不就是最佳組合嗎？」

吳可戀完全沒想到，這次的會面會是這樣的發展。

「我還有一個問題。」吳可戀說。

「請說，這位漂亮的小姐。」黃伊逸口甜舌滑。

「你們……是什麼關係？我觀察到，你們不是簡單的朋友，是男女朋友？」

許靈霾跟黃伊逸對望了一眼，然後笑了。

「爾線，她想成爲我女友，還早十年！」黃伊逸說。

「他喜歡男人的。」許靈霾指著他：「他是姊妹。」

「我跟妳說過幾多次，不要這樣介紹我？」黃伊逸不爽。

吳可戀看著他們，奇怪地，心中不知道出現了什麼感覺，不過，有一個直覺跟她說……「他們是值得相信的人」。

「還有一件事。」吳可戀說。

「妳眞多問題呢？」黃伊逸說。

「不是有問題，而是詩織曾經很刻意跟我說，我們九個女生中，要小心某一個人。」吳可戀說。

「她在說我？」許靈霾問。

「她沒說是誰，不過應該不是妳。」吳可戀說：「也許是一個比你、比我、比鈴木詩織更深不可測的人。」

「會有這樣的人出現嗎？」黃伊逸質疑。

「我只是把我知道的全部告訴妳，用來交換妳告訴我的事。」吳可戀伸出了手：「合作愉快。」

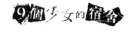

「合作愉快。」

她們二人握手。

許靈霾與吳可戀，終於……

連在同一陣線了。

《互相利用也可以是一種合作關係。》

Chapter #8 - Outside #4

場外4

光大中學，教員室內。

「程老師，有兩位修女來找妳。」校務處職員說。

「修女？」程嬅畫托托眼鏡。

她已經想到是今貝女子宿舍的修女，她立即來到學校的會客室。

門一打開，她已經看到了白修女。

「嬅畫妳好。」白修慈祥地說，她的手上還包著繃帶。

「爲什麼妳們會來學校？有事在宿舍談不就可以了嗎？」程嬅畫覺得有點奇怪。

另一個黑修女放下了一台手機，播放著一段程嬅畫與男朋友的錄音，內容都是她告訴男友有關遊戲與金錢的事。

「我們說過不能違規，妳卻再次違規了。」白修女說。

「對……對不起！我只是一時口快告訴了他！」程嬅畫連忙道歉。

黑修女把一疊相掉在她的面前。

「我們已經調查到，妳賺到的一百萬，有五十萬過戶到妳男朋友的戶口。」白修女說：「當然，宿舍不會管妳的錢是如何用，不過，這五十萬，眞的值得妳給他嗎？」

程嬅畫看著桌上的相片，全都是男朋友跟一個大胸的女人一起的相片，而且，還有幾張自拍的床照。

「怎……怎會這樣？」程嬅畫驚訝得用手掩著嘴巴。

「妳一直也不知道？還是扮作看不到？妳男朋友一直也有其他女人，而且是用妳的錢去玩女人。」白修女說。

程嬅畫是隱約知道男朋友出軌，不過，她沒有去查證，選擇相信他。現在，已經找到了證據，她一直爲這個男人付出的青春，都只是換來他的風流快活。

「本來，妳已經被宿舍取消入住的資格，不過現在我們給妳另一個選擇。」白修女說：「一、一星期內離開宿舍，二、殺了他。」

程嬅畫瞪大雙眼看著她。

「放心，只要妳選擇二，我們會完全配合妳，不會有任何的法律責任，他會……**在意外中死去**。」

「妳們……妳們是瘋了嗎？」程嬅畫站了起來，眼泛淚光。

「不用心急，妳還有時間考慮。」

此時，黑修女把一隻USB手指交到她的手上。

「USB內還有一段他跟大胸女人的做愛片，如果妳有興趣，可以看一看。」白修女說：「妳還要愛這樣的一個男人？妳還認爲他可以給妳幸福？別忘記，我們只是爲妳好。」

程嬅畫拿著USB的手指，她的手在震。

修女離開後，程嬅畫一個人走到沒人的電腦室，電腦室沒有開燈，她坐到一台電腦前，把那USB插入了電腦。

她很冷靜，出奇的冷靜。

程嬅畫，把聲音調到最低，按下了播放。

畫面反射在她眼鏡鏡片之上，她一直看著……

一直看著這個愛了多年的男人，就在這五分鐘的影片中，變成了另一個人！

變成了另一隻禽獸！

程嬅畫崩潰了，她在電腦房瘋狂哭著！

她的眼淚包含了痛苦、折磨、不甘心，還有……憎恨！

她呆坐了三十分鐘。

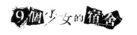

腦海中出現了一個「決定」。

她拿出了手機，發了一個訊息到宿舍的 WhatsApp。

然後，她繼續用淚眼看著那個在大胸女人身上不斷搖晃的男人。

「你他媽的去死！」

《有些事，是寧願不知道？還是知道了更好？》

場外5

明記車房。

「奕希，妳是怎樣得到這麼多錢？」男同事問：「難道妳去賣身？」

「賣你條毛。」黎奕希上著車呔的螺絲：「總之我就是有方法。」

「有什麼好門路快跟我說吧！」

「如果妳是女生，應該可以介紹一下。」黎奕希指著男同事的下體：「可惜。」

黎奕希已經把偷公司的錢還回去，神不知鬼不覺繼續在車房工作。

「堅仔，我應該做到月尾就辭職了。」黎奕希說。

「爲什麼？」

「我不是說過想過新生活嗎？就因爲這個原因。」

「那妳想做什麼？女童院出來的妳，又有什麼工會請妳。」堅仔說出事實。

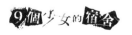

「我也不知道，總之就是想改變一下。」

此時，一輛粉紅色的甲蟲車駛入了車房。

「奕希！」她大叫。

「天瑜！」黎奕希走到車前。

「之前曾跟妳說，不知道是不是死氣喉的問題，車身總是發出古怪的聲音。」蔡天瑜說。

「沒問題，我們明記車房，任何有關汽車的問題都可以修好！」黎奕希拍拍自己的心口。

「嘩！有美女來了不介紹一下？」堅仔說。

「你去看看死氣喉吧！」黎奕希拍打他的頭：「天瑜，我們出去聊聊。」

「好！」

她們兩人走出了車房。

「妳在這麼多男人的地方工作，眞不簡單。」蔡天瑜問。

「也沒什麼，他們都當我是男人，嘿。」黎奕希點起了香煙：「對，有沒有馬鐵玲的消息？」

她搖搖頭：「她像人間蒸發了一樣，我跟詩織也找不到她。」

「妳不覺得很奇怪嗎？靜香當時也違規了，但只有鐵玲失蹤。」黎奕希說。

「妳不問問靜香？」

「自從那天，她就把自己關在房間內，沒有出過來。」黎奕希說：「因爲門沒有鎖，有次我跟靈霾試過走入她的房間，她瘋了一樣把東西掉向我們，我們沒法跟她聊天。」

「看來應該是發生什麼事了。」

「對。」

黎奕希看著藍天，吐出了煙圈。

「妳知道三樓有一間十號房嗎？」蔡天瑜突然轉移了話題。

「好像聽說過，有十號房也不是什麼奇怪事吧？不是嗎？」黎奕希說。

「幾天前的晚上，因爲我實在太好奇，所以走去十號房看了。」蔡天瑜說。

「什麼？妳不怕的嗎？」

「有一點點吧，不過，我眞的很想知道是不是有人住在十號房。」

「之後呢？」黎奕希非常期待。

「我首先敲門，等了一會沒人回應，然後我就打開沒有鎖的門。」蔡天瑜說：「開門的瞬間，傳來了一陣寒風。」

雖然是白天，黎奕希也聽到雞皮疙瘩。

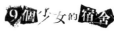

「我試打開燈掣但燈沒有開，我只好拿出手機當是手電筒。在十號房有一種很古怪的味道，我不知道怎樣形容，就好像……膠水的味道。」

「膠水？」

「嗯，然後我走入房間，床鋪等等都很整齊，我再走到露台位置，全部都跟我們的房間一樣，沒有什麼特別，不過就是沒有人。」蔡天瑜說：「沒發現有人我反而安心，至少讓我知道，只不過是一間空房。」

「妳真的很大膽！」

「我還未說完，就在我鬆了一口氣離開關上大門時，我聽到……」蔡天瑜吞下了口水：「有人在敲門，是從裡面敲打大門！」

「怎可能？妳不是說沒有人在嗎？」黎奕希起了雞皮疙瘩。

「對，沒有人在！」蔡天瑜搖搖頭：「不過，不代表……」

黎奕希瞪大了眼睛看著她。

「不代表……沒有其他的『靈體』！」

《你會怕心懷鬼胎的鬼？還是心懷鬼胎的人？》

場外6

今貝女子宿舍。

從地下室到天台，一共七層的宿舍，除了會堂、食堂、宿舍房間等等之外，還有不同用途的房間，比如余月晨現處於的一樓休息室。

休息室內，有一張桌球枱、舒適的沙發，當然少不了小酒吧。

余月晨喝著一口威士忌，看著酒杯上的唇印。

此時，另一個同住在宿舍的女生，走到小酒吧前，她是……鈴木詩織。

「啊？妳成年了嗎？喝酒？」余月晨帶點醉意看著她。

「不，我有時會來喝橙汁。」鈴木詩織看著那個穿著修女服的酒保：「給我一杯。」

「沒問題。」

「眞想變回像妳一樣。」余月晨說：「由單純變成複雜很簡單，但由複雜變回單純就非常困難了。」

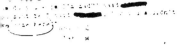

鈴木詩織沒有回答她，喝了一口橙汁。

「我已經辭了秘書的工作。」余月晨說。

「爲什麼？」

「我不想再像狗一樣搖頭擺尾。」余月晨看著她：「我要過回自己的生活。」

「妳想要的生活是什麼？」鈴木詩織問。

「我也不知道，我只知道我再也不想二十四小時On Call，不想再像狗一樣奉承別人。」

「因爲妳已經在這裡賺到了錢？」

「當然，妳不也是嗎？」余月晨說：「妹妹，妳是不是想來教訓我，得到錢就辭職很不上進嗎？」

鈴木詩織搖頭。

「妳知道嗎？我花大部分時間去幫別人賺大錢，自己卻做到像條狗一樣，只得一點點的工資，妳明白我的感受嗎？」余月晨不吐不快：「賺就老闆賺，氣就我受，這樣公平嗎？」

或者，余月晨說出了大部分打工仔的想法。

「我才不是想教訓妳。」鈴木詩織認眞地看著她：「我只是想跟妳一起在未來賺更多更多的錢。」

「很好，嘻！」余月晨臉紅紅地說：「不錯！現在的年輕人很貪錢！」

「誰不貪錢？」鈴木詩織說：「不如，在未來的日子，我們合作吧。」

余月晨看著這位女生。

合作？跟一個十七歲的女生合作？

余月晨笑了，她在想，相反地，也許在未來日子，可以反過來利用鈴木詩織。

「好，我們合作吧！」她高興地說。

……

……

．

宿舍四樓，高級人員房間內。

綠修女與黃修女正在房間聊天。

「下一場遊戲由我主持，我要好好把握機會。」綠修女說：「嘰嘰！我要超越其他的修女，成爲宿舍的總管。」

黃修女沒有說話，只是看著手上的資料。

「守珠，妳最近怎樣了？總是神不守舍。」綠修女問。

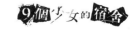

「沒事。」黃修女把資料合上：「只是覺得有點累。」

「妳別忘記有多艱辛才可以得到現在的職位，妳要好好幹下去！」綠修女戴上了一個假髮。

「嗯，我知道。」黃修女腦海中出現了趙靜香的樣子。

「明天下午會有新住客，我開始安排新的遊戲。」綠修女說。

「這樣快有新人加入？」黃修女有點驚訝。

「我也覺得很奇怪，不過，聽說這個女生不簡單。」綠修女把新的資料給她看：「她是一位……『逃犯』。」

「逃犯？」

「對，在南韓犯下了案件被通緝，然後逃到香港生活。」綠修女說：「當然，也有可能是假的。」

黃修女拿起資料看，那位女生的相片，給人一份非常陰森的感覺。

她看著她的名字……

金慧希。

《你是否已經習慣像狗一樣奉承別人？》

Chapter #8 - Outside #6

場外 6

Pharmaceutical — Sickdom
00 — XX — IVD
Fentanyl Transdermal

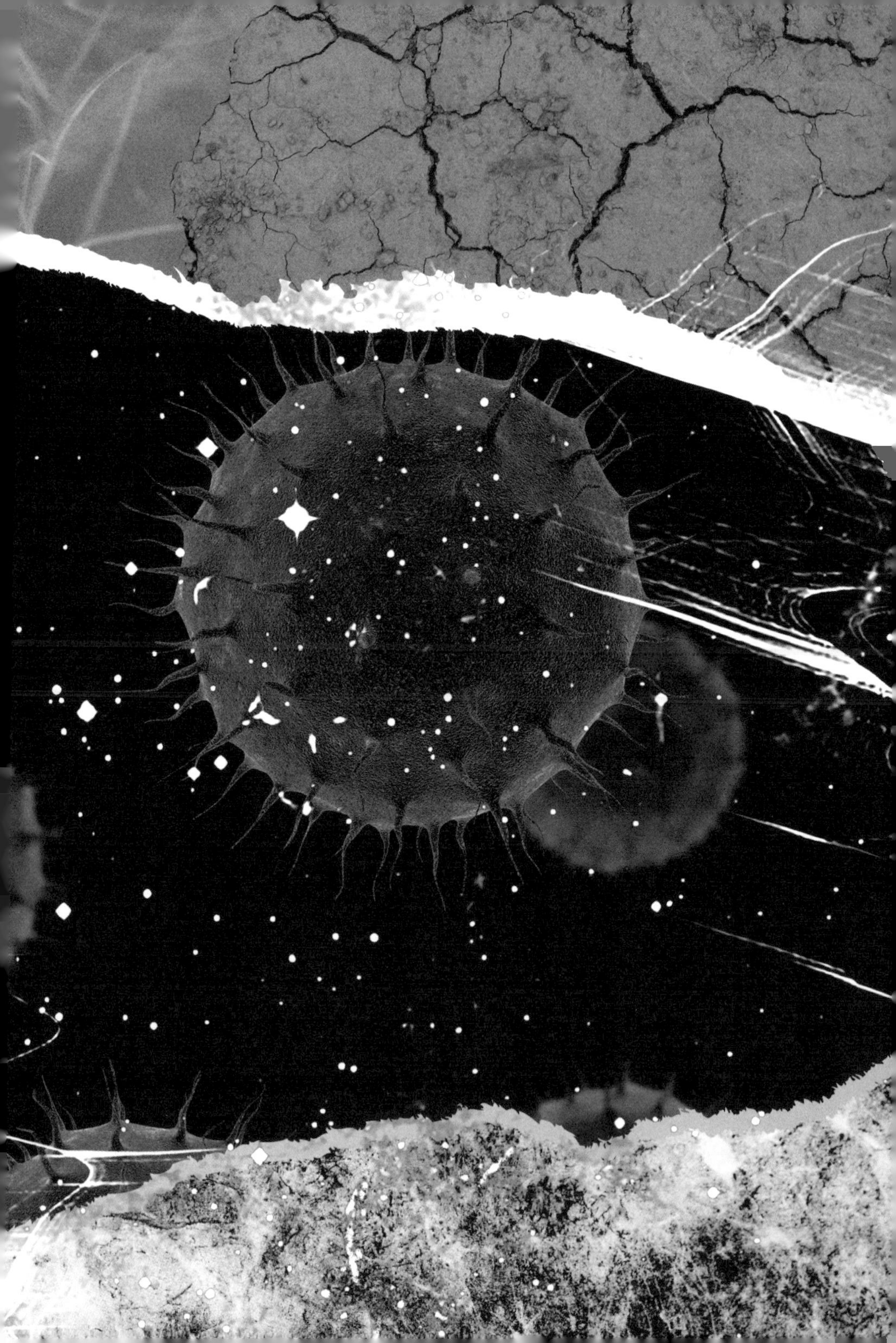

病毒遊戲
chapter #9
Game Of Virus

Chapter #9 - Game Of Virus #1

病毒遊戲 1

主人與奴隸道德說 (Sklavenmoral)。是德國哲學家尼采提出的哲學概念。概念最先出現於他的著作《善惡的彼岸》，全書分爲九部分及末尾的一首長詩。

最基本的道德形態分成了兩種，「主人道德」和「奴隸道德」。

主人道德是把行爲放於「好」與「壞」的標準之中。

奴隸道德卽是把行爲放於「善」與「惡」的標準之中。

「主人道德」來自於對生命的頌揚，如自我肯定、自豪、主動；而「奴隸道德」則是自我否定、謙卑、被動、憐憫，還有來自於對主人道德的憤恨。

這種區分方式，直接指出了「好與壞」與「善與惡」兩種道德標準的衝突。大部分時間，在主人道德中的「好」，卻在奴隸道德中被視爲「惡」。

一個人是處於那種「道德觀」，不完全是由他的身份地位決定，而是由那人的行爲中蘊含的心態，比如某個大獨裁者，也可能被奴隸道德控制，因爲他的所作所爲可能是由怨恨與報復心所推動。

尼采本人較欣賞主人道德，但他也認爲，奴隸道德中的「精神力」也值得學習。

百多年前的哲學家提出的哲學概念，應用在現今的社會中，非常貼切。

我們都活在「主人與奴隸」的道德之中。

人類這一百多年來沒有進步過？

不，我們的醫學、科技、文明也得到極大的進步，整個城市都是人類的進步而得來的「結晶品」，方便的交通、人與人之間的聯絡、食物的品質等等，都比一百多年前進步到沒法想像的地步，唯有一樣東西，我們不懂沒有「進步」，反而不斷地「倒退」。

「人性」。

我們在一百多年來，有變得更善良？更無私嗎？

變是變了，變得更「變本加厲」，變得愈來愈邪惡、愈來愈自私。

「人性」不再只是尼采所說的「好」與「壞」、「善」與「惡」，還有更多更多不同的「狀況」，當我們人類愈來愈強大，相反地，我們都變得更加的醜陋。

或者，我們現今已經沒有奴隸的制度，不過主人與奴隸的階級，比從前更甚。當然，我們都不會再用「奴隸」兩個字去形容，我們會改爲「員工」、「下屬」、「市民」等。生活在「主人」設計的股票、樓市、金錢的世界之中，我們都只不過是……

「奴隸」。

主人的奴隸。

……

……

．

這天，是今貝女子宿舍兩星期一次的飯聚，也是宣佈開始新遊戲的一天。

同時，也介紹新加入宿舍的女生。

「因爲馬鐵玲已經離開了宿舍，所以我們加入新的宿友，從今天起，她就住在七號房間。」白修女說。

聽到馬鐵玲的名字，趙靜香面色一沉，許靈霾發現了。

「靜香，怎樣了？那裡不舒服？」許靈霾問。

「沒……沒事。」趙靜香勉強一笑。

「好了，妳先來自我介紹吧。」白修女說。

「大家好，我叫金慧希，本來在韓國首爾生活，現在來香港工作。」金慧希那份陰森的感覺，在場的女生也感覺到。

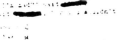

她沒有笑容，聲線卻很柔弱。

「希望大家可以好好相處。」白修女說：「一起贏出未來的遊戲！」

《你是否願意一世，成爲別人的奴隸？》

Chapter #9 - Game Of Virus #2

病毒遊戲2

「我想問，每次有人離開就會有人替補？」余月晨問。

「不一定，不過這次正好找到了新的住客。」白修女說。

「妳是之前後補的人？」坐在金慧希身邊的蔡天瑜問她。

金慧希搖頭。

「既然妳們這樣問，我不妨跟妳們說出事實。」紅修女說：「根本就沒有後補，只是騙妳們，讓妳們更投入遊戲，哈哈哈！」

全部女生也看著他在大笑。

「親愛的，妳們是不可被取代的。」白修女微笑說：「經歷過兩次遊戲後，我們的外圍買家也喜歡上妳們了。」

已經不用再掩飾，白修女與紅修女直接說出了事實，因爲她們知道，在座的女生已經墮入深深的沼澤之中。

由「金錢」所做成的沼澤。

「啊？不只是兩次遊戲，靜香還參加了附加遊戲，妳暫時成爲了在座最受歡迎的一位女生！」白修女高興地說。

趙靜香低下了頭，她沒有反應。許靈霾握著她的手給她鼓勵，雖然，靈霾還未知道附加遊戲發生了什麼事，但她感覺到靜香受到了極大的打擊。

「而且妳們也要多謝趙靜香，如果不是她在碟仙遊戲中犧牲自己，妳們也不可能賺這麼多『津貼』與『補償』！」紅修女說：「現在請大家給她一點掌聲鼓勵！」

在座的女生也一起鼓掌，不過掌聲疏落。

「如果妳想跟我說發生了什麼事，找個她們沒法竊聽的地方跟我說吧。」許靈霾在趙靜香耳邊說：「我會站在妳一邊。」

趙靜香看著她點頭。

「放心吧，我跟靈霾一早已經決定把賺到的錢分給妳！」黎奕希也握著她的手。

「好了，我們不要冷落了新入宿的金慧希，我們一起乾杯，歡迎她加入這個大家庭！」白修女舉起了酒杯說。

大家也舉起了酒杯，喝下去。

「對，妳在韓國是做什麼工作的？」蔡天瑜問。

「我是逃犯。」金慧希直接說：「我在我國殺了兩個人，現在正被通緝。」

全場人呆了一樣看著她。

「慧希眞會說笑，呵呵！好了，大家認識了慧希，現在我們來說明新的遊戲！」白修女轉移了話題：「這次遊戲將會由綠修女主持。」

此時，食堂的側門打開，一位著上綠色修女服的女人走了進來。

「媽的，其實她們有幾多顏色？」黎奕希輕聲說。

「紅橙黃綠青藍紫，七彩，黑白。」余月晨也在揶揄那些修女。

「妳們別吵了，聽聽新遊戲是什麼鬼吧。」在旁的程嬅畫說。

「大家好，我是綠修女，這次遊戲由我來主持。」她有意無意地看了白修女一眼：「這次的遊戲名稱爲……『病毒遊戲』。」

在她的身後，出現了投射螢幕。

螢幕出現了一幅世界地圖，不同的病毒名稱在畫面中閃現。

伊波拉病毒、日本腦炎、退伍軍人病、新型冠狀病毒、西班牙流感、豬流感、狂犬病、鼠疫、瘧疾、炭疽等等傳染病……

「病毒」，在人類主宰的世界中，成爲了人類的……

「最大敵人」。

《是健康重要？還是金錢重要？你花在健康的時間多？還是花在金錢的時間多？》

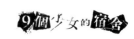

Chapter #9 - Game Of Virus #3

病毒遊戲3

「隨著文明的進步，人類成爲了生物的最頂層，不過，自稱爲萬物之靈的人類，卻存在著最可怕的天敵……『病毒』。病毒既不是生物亦不是非生物，人類不把它歸納於五界之中，不過，病毒卻可以感染幾乎所有具有細胞結構的生命體。」綠修女說出了前言：「這次的遊戲，就是人類跟病毒的大戰。」

投射螢幕上出現了三種不同的卡牌，上面寫著「人類」、「病毒」、「疫苗」。

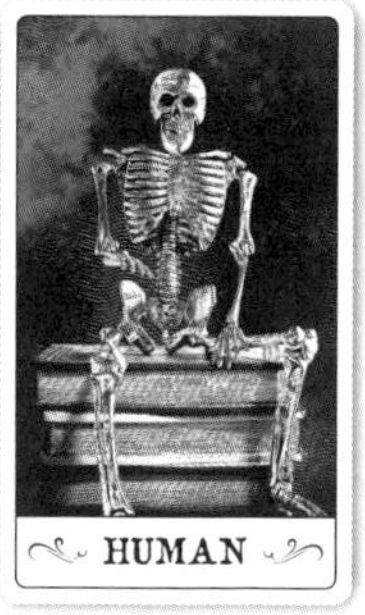

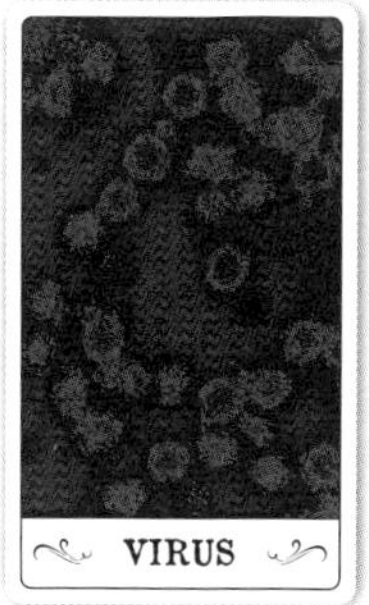

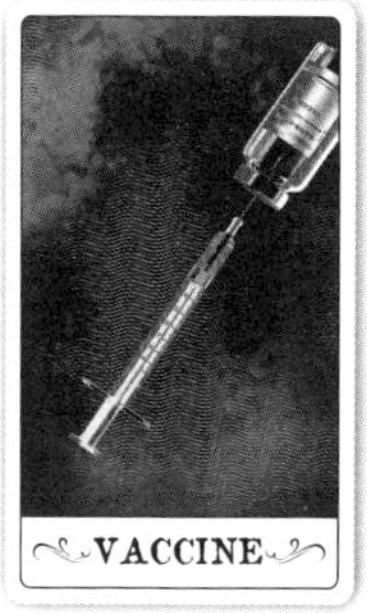

「人類輸給了病毒，病毒輸給了疫苗，但沒有人類，疫苗就不會存在，這三方面都緊緊相連在一起。」

然後畫面出現了卡牌的「牌形」。

人類　輸　病毒

病毒　輸　疫苗

疫苗　輸　人類

人類　贏　疫苗

疫苗　贏　病毒

病毒　贏　人類

「這次的遊戲分成兩個部分，第一部分就是在今貝宿舍內找尋這三張不同的卡牌，我們已經準備了一百張這樣的卡牌，放滿整棟宿舍之內。」綠修女指著螢光幕，螢光幕出現了宿舍的電腦立體圖：「在今貝女子宿舍的 APP 中，會出現卡牌的 GPS 位置，妳們就依照 GPS 去找尋這一百張卡牌。」

「我想問……」吳可戀舉起了手：「每人最多可以拿多少張牌？」

「不是每人，而是每組。」綠修女說：「妳們會分成五組進行遊戲，不限獲得多少張卡牌，卽是愈快得到愈多的卡牌，會在第二部分愈有利。」

「但我們九個人怎分成五組？」蔡天瑜問。

「非常好的問題，因爲金慧希新加入我們的大家庭，所以我們會安排人手跟她一組。」綠修女說：「而其他人，妳們可以自行組隊。」

她們開始議論紛紛，因爲組隊直接影響了最後勝出的機會。

「得到了卡牌之後呢？」許靈霾問。

「第二部分的遊戲，就是『對戰』。」綠修女說：「用你們手上所擁有的卡牌對戰，贏的次數愈多就會得到愈多的『津貼』。至於『對戰』的方式，暫時不會說明。」

「卽是說，獲得愈多的卡牌愈有利？可以有更大機會得到『津貼』？」黎奕希說。

「就是這樣！」

「靈霾，妳跟靜香一組吧，她需要妳的幫助。」黎奕希跟許靈霾說：「我可以跟蔡天瑜一組，最近跟她也混熟了。」

許靈霾沒有回答她，她在思考著。

「靈霾！」黎奕希拍拍她。

「啊！對不起，妳剛才說什麼？」許靈霾問。

「我才想知道妳在想什麼！」黎奕希反問。

「我在想……」許靈霾說：「這是一場……『包剪揼』遊戲？」

「什麼意思？」

許靈霾搖搖頭：「沒什麼，太少資訊了，我暫時沒法分析。」

此時，趙靜香用力握緊許靈霾的手。

「大家……大家要小心。」她終於說話。

「放心吧，沒事的。」許靈霾拍拍她的手臂。

「明天晚上八時開始『病毒遊戲』，大家務必出席。」綠修女說：「明晚會詳細去說明手機APP的操作，另外，請妳們決定好合作的人選，Welcome To Our Game！」

《從前，死於戰爭的人很多；現在，死於病毒的人更多，這些都是……「人禍」。》

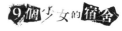

Chapter #9 - Game Of Virus #4

病毒遊戲4

第二天晚上七時三十五分。

她們九個女生已經分好了組，提早來到了禮堂集合。

第一組　吳可戀　程嬅畫

第二組　許靈霾　趙靜香

第三組　蔡天瑜　黎奕希

第四組　鈴木詩織　余月晨

第五組　金慧希　黑修女

「非常好，九個女生也到齊了，現在開始解說第一部分的『病毒遊戲』。」綠修女身後的投射螢幕出現了宿舍的立體圖：「今貝女子宿舍由地下室到天台一共有七層，除了四樓的宿舍人員房間及某些特定房間不能進入之外，其他地方都放著病毒遊戲的卡牌，當然，包括了整個宿舍花園。」

她們九人一起看著台上的綠修女。

「請打開宿舍的APP，在地圖上妳們會見到九十個藍點，這些就是分佈在宿舍內的卡牌位置。妳們可以放大地圖，直接看到卡牌的眞實位置，只要妳們拿走了卡牌，藍點就會消失，直至所有卡牌被拿走。」綠修女說。

「妳不是說有一百張卡牌嗎？爲什麼會是九十個藍點？」吳可戀問。

「可戀妳眞的很留心『聽書』呢。」綠修女說：「一百張卡牌中，有十張是『特殊卡牌』，不會出現在地圖之內，不過，當八成的卡牌都被拿走，又或是到了指定時間，地圖就會出現十個紅點。當然，如果『特殊卡牌』在妳們找尋九十張卡牌途中被拿走，最後就不會出現十個紅點。」

吳可戀跟許靈霾對望了一眼，許靈霾輕輕點頭。

「第一部分遊戲時間爲一小時三十分鐘，會在九時三十分結束，無論九十張牌有沒有全被拿走，也會結束第一部分的遊戲，進入第二部分。」綠修女指著投射螢幕。

「爲什麼……爲什麼在我房間會有藍點？」蔡天瑜已經放大了自己三樓的八號房間看。

「也沒什麼，就是在妳房間有卡牌吧。」綠修女說。

很明顯，當她們不在自己房間之時，有人走入了她們的房間把卡牌放入去。

沒有門鎖的房間，自出自入也是等閒事。

「別要忘記，得到愈多卡牌的組別愈是有利，在第二回合妳們會用上。」綠修女說：「遊戲期間，妳們不能交換得到的卡牌，至於要如何得到更多的卡牌，就要看妳們的行動力與部署了。」

「賞金呢？」余月晨提出：「找到卡牌會得到多少『津貼』？」

「找到卡牌不會得到『津貼』。」綠修女說：「不過，就算妳一張也找不到，第一部分完結後，每一組都可以得到……一百萬的『津貼』。」

「一個半小時過去，就可以得到一百萬？」黎奕希問。

「就是這意思，沒有其他的條件。」綠修女看看會堂的大鐘：「還有十分鐘，妳們準備好就開始遊戲。」

許靈霾看著地圖藍點的分佈：「我們五組人，先選擇好地點找尋卡牌，大家覺得如何？」

「我同意。」吳可戀說。

此時，鈴木詩織有心地看著吳可戀，吳可戀逃避她的眼神。

「這樣也好，大家也不用去爭奪，避免了衝突。」鈴木詩織溫柔地說。

她……眞的是這樣想？

還有另有計劃？

討論好各組所到之處後，十分鐘也過去，「病毒遊戲」……

正式開始！

《你沒法估計，跟誰才是最好的合作關係。》

Chapter #9 - Game Of Virus #5
病毒遊戲5

今貝女子宿舍四樓。

尼采治在看著前方多個螢光幕。

「這一批女生比從前的有點難應付，我可以看得出她們有幾個已經成爲了好朋友。」白修女說。

「我知道。」尼采治單手托著頭說：「不過，這樣不是更精彩嗎？嘰嘰，而且妳說什麼『好朋友』，爲了錢、爲了自己的利益，眞的可以一世都是朋友？愈是友好，到最後反目時會愈好看。」

「你說得也是。」白修女說。

「而且這次安排的『新環節』，客戶們一定會覺得很精彩！」尼采治高興地說。

「是什麼『新環節』？爲什麼我不知道的？」白修女有點不忿。

尼采治轉身用力握著白修女被切下兩根手指的手，白修女的表情變得非常痛苦。

「因爲妳的過失才會被媽媽懲罰！現在也不是由妳主持遊戲，妳不需要知道這麼多！」尼采治奸笑。

「知……知道……」

尼采治用力地甩開她的手，再次看著面前的螢光幕。

「Welcome To Our Game！希望妳們不會就這樣『**死去**』！」

五組人各自分配的樓層。

第一組　吳可戀　程嬅畫　三樓

第二組　許靈霾　趙靜香　花園

第三組　蔡天瑜　黎奕希　二樓

第四組　鈴木詩織　余月晨　地下

第五組　金慧希　黑修女　一樓

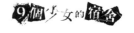

晚上八時零五分。

第二組的許靈霾與趙靜香來到了花園找尋卡牌。

「靜香，剛才我選擇分配到天台時，爲什麼搖頭？」靈霾說：「天台發生了什麼事嗎？」

「對不起……我不能說。」趙靜香低下頭，她再次想起在天台行刑房的事。

此時，許靈霾把一張字條放到她的掌心。

「放心，我站在妳的一方，這次遊戲結束後，妳再跟我說發生了什麼事吧，我有方法不會被偷聽。」

趙靜香看著許靈霾，靈霾擠出一個不擅長的笑容。

「嘻。」趙靜香也不禁笑了：「妳這個笑容很好笑。」

「讓妳笑了，我的笑容不是已經成功了？」許靈霾說。

趙靜香給她一個深深的擁抱，她在許靈霾耳邊說：「謝謝妳。」

「不用謝，我們快去找那些藍點的位置吧！」許靈霾拍拍她。

「好。」在許靈霾身邊趙靜香比較安心：「不過，爲什麼最後妳選擇在花園找尋？」

「因爲……」許靈霾回身看著宿舍：「我不想加入這一場『戰爭』。」

……

⋮

宿舍二樓。

宿舍的樓層分成兩邊，一邊是她們入住的房間，而另一邊是沒有數字的房間，兩邊房間相隔很遠，有一條很闊的走廊，走廊擺放著不同的雕塑與花藝裝飾。除了房間，還有很多空置地方，就如走廊的休息空間，空間本來是用來抽煙的，不過因爲宿舍已禁煙，沒有再用作抽煙的位置。

第三組的蔡天瑜與黎奕希在休息空間的長椅下，找到第一張卡牌。

「找到了！」黎奕希拿著一張「人類」的卡牌。

「看來不是太難找！」蔡天瑜用兩根手指放大APP上的地圖：「可以放到這麼大看清楚正確位置！」

就在此時，一個人影從走廊轉角走過！

「是誰？」黎奕希立即走上前看。

她看到……

有一個人拿著兩張卡牌，她是……余月晨！

「爲什麼妳會在這裡？妳不是在地下的嗎？」黎奕希說。

「詩織在地下找尋中。」余月晨奸笑：「是誰說一定要兩個人在同一層？」

許靈霾所說的「戰爭」已經開始，其實，大家根本不需要禮讓別人，因爲這是一場……

「爭奪」的遊戲！

《會違規的原因，都只因規則是由人定的。》

Chapter #9 - Game Of Virus #6

病毒遊戲6

五分鐘前。

宿舍一樓。

「妳去地下室找，我留在一樓找尋卡牌。」金慧希說。

「但不是說分了各組的樓層嗎？」那個加入第五組的黑修女問。

金慧希二話不說……狠狠地給她一個巴掌！

「妳是來協助我的，就要聽我的說話去做！」金慧希把修女的頭巾扯下，捉著她的長髮。

「知……知道……我現在去地下室找……」

「快去！」

很奇怪，才來到宿舍第一天，這個叫金慧希的女生，好像已經非常適應這裡的遊戲規則與環境。

她看著離開的黑修女背影：「개새끼야！」

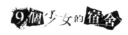

她不爽地說了一句「狗崽子」的韓文，然後轉身開始找尋一樓的卡牌。

……

……

遊戲開始了十五分鐘。

宿舍三樓。

本來是第一組兩人搜索卡牌，不過，吳可戀與程嬅畫決定了分開找尋，程嬅畫到天台找尋，吳可戀留在三樓。

還有另一個原因，吳可戀想去鈴木詩織的房間，看看能否以找到有關自己父親的資料。

她走進了沒有上鎖的九號房間，看著手機上的藍點位置，然後在書桌的下方，還有浴室的鏡子背面，找到了「人類」與「疫苗」的卡牌。

然後，她走到抽屜前，找尋自己想要東西，找尋父親的「罪證」。吳可戀知道來到宿舍之前，鈴木詩織已經無家可歸，她一定把自己的東西全都帶來了宿舍。

吳可戀在房間找尋，就在床褥的下面，找到了一個公文袋。

她打開公文袋，看到一疊相片，還有一隻 USB 手指。相片是她全裸的爸爸還有鈴木詩織，她沒法再看下去，然後把東西放回公文袋內。

吳可戀會立即拿走？

當然不會，現在拿走就像跟鈴木詩織說自己就是偷東西的人一樣，所以她把公文袋放回去，而且，最重要的 USB 手指應該沒有她想要的東西。

爲什麼？

因爲誰也知道大門沒有鎖，鈴木詩織才不會把重要的東西放在房間，還要把相片放在公文袋，讓吳可戀聯想到 USB 手指內的東西。或者，這是一個「陷阱」，可能插入了 USB 後，吳可戀的電腦會被駭入也不定。

就在吳可戀思考之時……

虛掩的大門閃了一下，有人從走廊經過！

吳可戀立即走到大門前，她在走廊看到一個人的身影……

她非常驚慌，不過她沒有叫出聲音，用手掩著嘴巴！

她看到的背影，是男人的背影！

在今貝女子宿舍，除了紅修女與尼采治，她從來也沒有見過男人！

不只這樣，在男人手上，還拖著一把斧頭，斧頭與地板磨擦發出了可怕的聲音！

「妳們……在哪裡呢？」男人一面走一面說：「快出來給我殺殺殺！」

這個男人……究竟是什麼人？！

《有些人，最喜歡控制別人，卻不懂控制自己。》

病毒遊戲7

Chapter #9 - Game Of Virus #7

遊戲時間過了二十五分鐘，她們五組人也陸陸續續找到了不同的卡牌。卡牌上沒有什麼特別，就是印著「人類」、「病毒」、「疫苗」三種圖案。

二樓，黎奕希的房間內。

「在妳的房間找到了兩張！」蔡天瑜看看手上的卡牌：「現在我們已經有……五張卡牌！」

黎奕希躺在自己的床上：「不過，GPS上顯示的藍點已經沒有了接近一半，媽的！我們都比她們慢多了！」

「而且月晨也來了二樓搶我們的卡牌。」蔡天瑜說：「現在只餘下六張。」

「幹！我們還跟什麼規則？不如我們分頭去其他的樓層，搶其他組的卡牌吧！」黎奕希說。

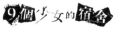

「好主意！」

「走吧！不要等了，卡牌只會愈來愈少！」黎奕希說：「我先在二樓拿走最後的六張卡牌，天瑜妳去其他樓層找！」

「好！那我去天台吧！」

他們走出房間分頭行事，蔡天瑜上天台，而黎奕希留在二樓繼續找尋。她跟著 GPS 上的位置，來到了每樓層也有的公共洗手間。

「應該就在這裡……」她把地圖放大：「在洗手盤的水管之下！」

她走到第三個洗手盤的位置蹲下來看，發現了一張卡牌。

「找到了！」黎奕希拿走那張卡牌。

「我也找到了！」

突然！

一把男人的聲音從洗手間的門前傳來！

黎奕希立即回身看！她看到一個男人！男人像嗑了藥，雙眼通紅，還在不斷流口水，在他的手上拿著一把大斧頭！

「你……你是誰？！」黎奕希心跳加速。

「殺了妳，我就有一百萬！九個就有九百萬！」男人雙手拿起了巨斧。

男人揮向黎奕希，黎奕希立即避開，斧頭把鏡子打碎！

「黐……黐線的！」黎奕希看著洗手間的門。

「一百萬！一百萬！一百萬！」男人走向黎奕希。

「別要過來！」黎奕希後退。

「去死吧！」

男人再次用斧頭劈向黎奕希，她蹲下來閃避，斧頭打碎了牆上的瓷磚！

男人繼續揮動巨斧，黎奕希不斷向後退，已經被迫到牆角！

「我看妳還要怎樣避？哈哈！」男人的口水鼻涕也流下：「給我乖乖去死！」

「發生……發生什麼事？！」

就在男人要劈向黎奕希之時，余月晨聽到了聲音走來洗手間！

男人回身看著門前的余月晨，黎奕希趁這機會衝向那個男人，把他整個人撞在地上！

「快逃！」黎奕希大叫，她飛奔到余月晨身邊。

同一時間，她們的手機響起 APP 的通知！

「**屠夫出沒注意！**」

身在其他地方的女生也同樣收到通知！

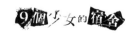

「如能殺死屠夫，可額外得到……二百萬的『津貼』！」

在花園中的許靈霾與趙靜香看著手機上通知。

「這是……什麼意思？」趙靜香問。

「我也不知道。」許靈霾說：「看來，找卡牌的遊戲不只是這麼簡單……」

她們兩人一起看著前方的宿舍。

「還有兩張，我們找到後，就回去宿舍看看！」許靈霾說。

「好！」

在她們的手上已經得到了……十三張卡牌。

《拯救你的人，或者就是那個想你死的人，他讓你燃起生存的意志。》

病毒遊戲8

Chapter #9 - Game Of Virus #8

宿舍天台。

第一組的程嬅畫已經在天台找到了三張卡牌，不過，有幾個房間的大門沒法打開。

她走到了天台的露台位置，看著月光下的夜景，從大帽山俯瞰山下的風景，奇怪地，她心中有一份悲傷的感覺，一個什麼也不缺的城市，卻最缺的卻是「快樂」。

每個人也爲了金錢，希望在別人身上得到更多的利益，久而久之，人與人之間再不相信別人，生活愈來愈多仇恨，愈來愈痛苦。

程嬅畫想起了她曾經深愛的男人，沒錯，是曾經，現在她對他……恨之入骨。

就在她想起這個賤男人之時，她無意中看到露台的巨型盆栽後面，有東西反光。她走近去看，拿起了一張熨金的卡牌，卡面上不是寫著「人類」、「病毒」、「疫苗」，而是寫著……「武器」。

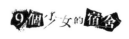

第一張特別卡牌，終於被找到了！

「看來我走運了，不過『武器』卡牌有什麼用？」程嬅畫把卡牌收起，看著手機剛才的訊息：「屠夫？屠夫是什麼意思？」

……

…

·

宿舍地下室。

黑修女依照金慧希的吩咐，來到地下室找尋卡牌，地下室的面積比樓層更大，如果沒有熟人帶路，就像迷宮一樣。

這位來了宿舍不久的黑修女，也快要迷路了。

她看著手機上的 GPS 地圖，地圖可以看到自己隊員的位置，她看到了金慧希還在一樓，她坐到走廊的長椅上休息。

「錢又不到我拿，爲什麼我要這樣拼命？」她看著手上的三張卡牌自言自語。

此時，她聽到沒有燈光的走廊盡頭，傳來掉下東西的聲音！

「是誰？」她大叫。

沒有人回應。

黑修女站起來，慢慢走向昏暗的走廊。

「有人嗎？」她再次大叫。

突然！

一個黑影從左邊的房間撲向她！

黑修女整個人被推倒在地上！

「你……你是誰？！」她驚慌地大叫。

同一時間，她感覺到頸部出現了劇痛，她口中開始吐出血水！

一把大剪刀已經插入她的頸中！

「一百萬！一百萬！哈哈！」

黑修女在昏暗的環境中沒法看到攻擊她的人是誰，她只聽到一把……女人的聲音！

即是說，屠、夫、不、只、一、個、人！

女人拔出了黑修女頸上的剪刀，再插入她的身體！

「不……不要！很痛！不……要！」黑修女不斷掙扎。

女人一點也沒有手軟，尖銳的剪刀不斷插入黑修女身體上每一個位置，她的身體多處受傷，失血過多，再無力反抗！

「別要用這眼神看著我！」女人大叫。

她完全沒有停止的想法，剪刀插入了黑修女的左眼，然後是右眼！最後，女人把整把剪刀，連同串起的眼球再插入黑修女的嘴巴之中！

黑修女發出噁心的聲音，血水從她的喉嚨湧出，她當場死亡！

「La……La……La……」女人虐殺黑修女之後，舒暢地哼著歌曲。

一般人會殺人嗎？而且是虐殺，真的會嗎？

這個女人，只不過是某公司的主管，她根本不會這樣做。不過，讓她變成殺人魔的，除了是金錢，還有……「藥物」。

一種由今貝女子宿舍投資＊生物科技研究所研發的「藥」。

藥的名稱叫……「螺旋」(Spiral)。

《你想殺了某人嗎？或者，你連殺死昆蟲也害怕，何來殺人？》

＊生物科技研究所，詳情請欣賞孤泣《殺手世界》、《低等生物》等作品。

Chapter #9 - Game Of Virus #9

病毒遊戲9

十分鐘後。

許靈霾與趙靜香已經從花園回到宿舍內。

「怎樣了？」趙靜香看著在大門前的許靈霾。

「門自動鎖上了。」

趙靜香嘗試打開大門，卻沒法成功。

「不只這樣。」許靈霾看著玻璃窗：「窗也全鎖上了。」

「爲什麼……會這樣？」趙靜香問。

「看來她們想把我們困在宿舍之內，而且所有修女也不見了，很古怪。」許靈霾說：「我們快去找奕希吧！」

「二樓，走吧！」

她們二人不知道，黎奕希已經逃離了二樓，她們……

會遇上那個「男人」？

地下室。

金慧希在 GPS 發現黑修女完全沒有移動，她決定走到地下室看看。

她來到了黑修女伏屍的走廊，已經嗅到了血腥的味道。

金慧希用力地吸氣，享受這又腥又臭的氣味。

沒錯，她是在「享受」。

「原來在這裡。」

她蹲下來看著雙眼被抽出，口中被插入剪刀的黑修女屍體，然後，她趴下來，比剛才更用力地嗅她臉上的氣味。

「新鮮的血水眞的是最香的。」她臉上出現了笑容。

最可怕的不是那具修女的屍體，而是金慧希本人，她看到不似人形的屍體，不只一點也不害怕，她甚至喜歡這血腥的畫面、氣味，還有屍體！

金慧希拿走了黑修女身邊的卡牌。

「又來了一個嗎？太好了！一百萬！加起來就二百萬了！」

她背後傳來了一把聲音！她就是殺死黑修女的女人！

金慧希緩緩地站起來轉身，在昏暗的環境之中，她只看見一個披頭散髮的女人，在她手上拿著另一把剪刀。

「妳殺我可以得到一百萬？」金慧希低下了頭，長髮遮蓋著她蒼白的臉頰：「但我殺妳可以得到二百萬，嘻！」

「什麼？」

「我說……——**我要殺妳**！」

金慧希走向了那個女人，在不經意之間，一把剪刀已經插入了女人的小腹！

爲什麼她有剪刀？只因她已經把插入黑修女口中的剪刀……據爲己有！

女人整個人也呆了，她沒想到是對方先出手！

在一秒回神過來，她才感覺到痛苦，立即還擊！可惜被金慧希捉住了手腕！

「妳想跟妳殺的修女一樣死法嗎？」金慧希的眼神比那個女人更恐怖：「還是想……死得更慘？」

金慧希拔出插在女人腹中的剪刀，瘋狂地不斷再插下去！

女人痛苦地大叫！

此時，金慧希搶過了女人手上的剪刀，雙手繼續攻擊！

「不要！不要！」女人身上出現多處刀傷。

女人倒在地上，金慧希騎在她的身上：「剛才，那個修女不是也叫『不要』嗎？妳有沒有停手？」

金慧希捉住女人的手，然後……

「咔擦！」

用力一剪，剪下了她的尾指！

「放心吧，會比妳殺那個修女更好玩！」金慧希剪下她第二根手指。

「我會慢慢把妳玩死！」

……

……

宿舍四樓。

「這個新來的……」白修女看著閉路電視中的金慧希。

然後，尼采治把一份資料掉給她看：「她是一名韓國逃犯，正確來說是……連環殺人犯。」

白修女看著手上的資料。

金慧希說自己殺了兩個人，的確沒有錯，不過她的意思是「最後一次殺了兩個人」，而在殺這兩個人之前，她已經殺死了……十八人。

肢解、碎屍、刮內藏等等都是她的「癖好」，當然包括了……剪手指。

金慧希不只是逃犯，她是一個……

變態殺人犯。

《就是因爲有痛楚，死才變得更可怕。》

Chapter #9 - Game Of Virus #10

病毒遊戲10

四十五分鐘過去，七成的卡牌已經被奪走，遊戲看似很順利，可惜，出現了「屠夫」的變數，現在整個遊戲已經不只是奪取卡牌這麼簡單。

地面。

鈴木詩織躲在牆壁之後。

「乖女，妳去了那裡？快出來吧！」一個拿著廚刀的男人在找尋鈴木詩織。

爲什麼叫「乖女」？

因爲這個男人就是鈴木詩織的叔叔！

鈴木詩織在五分鐘前遇上他，知道他就是另一位「屠夫」，立即逃走。

她小心翼翼地走到食堂的廚房，廚房已經空無一人，她想在廚房拿武器自衛。叔叔已經走入了廚房，他的樣子變得非常猙獰。

「來吧，跟叔叔一起睡吧，在妳死之前叔叔必定可以給妳快活一次。」叔叔四處張望：「妳是處女對吧？來！叔叔給妳上一課！」

突然！一把餐刀飛向了叔叔，叔叔的臉頰被擦破！餐刀是由鈴木詩織掟出，一直以來，她只能寄人籬下，而且多次被叔叔侵犯，她非常討厭這個家，還有這個叔叔！

現在，叔叔莫名其妙地在宿舍出現，相反地，鈴木詩織完全不害怕，她甚至想殺了他！而且……

鈴木詩織已經不需要在他面前扮成乖乖女！

誰才是獵物？現在才知道……

「叔叔，別要殺我。」鈴木詩織不再躲起來，她反而走向了叔叔：「如果你想要……我給你。」

鈴木詩織把自己的裙子抽起，露出了純白的小內褲。

叔叔看著她，吞下了口水。

「來吧，把那個……放入來吧。」鈴木詩織楚楚可憐地說。

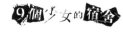

現在的卡牌剩餘數目。

位置	卡牌數目	現餘下
天台	12	6
四樓	0	0
三樓	13	2
二樓	13	5
一樓	13	3
地下	13	1
地下室	13	7
花園	13	0
總數	**90**	**24**

花園的卡牌已經被許靈霾與趙靜香全部拿走，而地下只餘下一張卡牌，鈴木詩織被叔叔糾纏著，沒法拿走最後一張卡牌。

一樓還餘下三張，因爲金慧希去地下室找黑修女，還沒拿走全部卡牌；二樓，早前蔡天瑜、黎奕希，還有從地下走來的余月晨，拿走了八張卡牌，卻因爲「屠夫」的出現，她們正在逃走。

三樓的吳可戀，只有她一人找尋，沒有其他人跟她競爭，她已經得到了十一張卡牌，還餘下兩張；地下室因爲出現了「女屠夫」，黑修女被殺，所以只拿到了三張卡牌，不過，金慧希殺死「女屠夫」後，再找尋其他的卡牌，總共在地下室拿了六張。

天台本來沒有人找尋，不過，第一組的程嬅畫與第三組的蔡天瑜也走到天台搜尋，還餘下六張卡牌，而程嬅畫亦得到了第一張特殊卡牌「武器」。

組別	人物	擁有卡牌數目	特殊卡牌
第一組	吳可戀、程嬅畫	14	1
第二組	許靈霾、趙靜香	13	/
第三組	蔡天瑜、黎奕希	8	/
第四組	鈴木詩織、余月晨	15	/
第五組	金慧希、黑修女	16	/
	總數	66	1

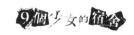

黎奕希與余月晨被「屠夫」追殺，逃到了一樓。

「剛才……剛才那個人是誰？」余月晨上氣不接下氣說。

「媽的！我怎知道？他突然就衝出來攻擊我！」黎奕希也在喘氣：「宿舍的人找人來殺我們嗎？她們都瘋了！」

「但轉過來，如果殺了他，我可以得到……二百萬！」余月晨看著遠遠的樓梯位置。

「我想妳也瘋了！」黎奕希說：「一樓還有三張卡牌，我先去找了！」

余月晨沒有理會她，正在想著那……「二百萬」。

人的貪婪，永無止境。

更何況，是對方先想殺自己呢？

《如果要說永恆，貪婪會是其中一種。》

病毒遊戲 11

許靈霾與趙靜香回到宿舍後，先到了二樓找黎奕希，不過，她們不知道她已經離開。

「二樓還有五張卡牌，爲什麼奕希沒有拿走？」許靈霾看著手機上的地圖。

「靈霾，過來這邊。」趙靜香叫著。

許靈霾走到洗手間的大門前，她們看到洗手間內亂作一團，滿地玻璃。

「還好，奕希暫時沒有事。」許靈霾走進了洗手間看：「沒有血跡，可能奕希被攻擊，不過應該逃走了。」

「她們……是瘋的！」趙靜香看著鏡子的自己：「我很想離開這宿舍。」

此時，她們的手機響起了訊息的聲音。

「提醒一、五分鐘後，遊戲餘下三十分鐘之時，妳們的 GPS 位置將會顯示於『屠夫』的手機之中。

提醒二、在餘下三十分鐘，餘下的九張特殊卡牌將會顯示於地圖之中，顏色爲紅色。

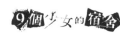

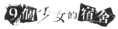

「Welcome To Our Game！」

「看來，我們快點找餘下的卡牌，然後再去找奕希他們！」許靈霾說。

「好！」

……

：

．

五分鐘過去。

在她們的手機上出現了紅點，九張特殊的卡牌分別在不同的樓層之中，APP 內的藍色畫面轉成了紅色，出現了「DANGER」的字樣在閃動著。

吳可戀已經找齊三樓十三張卡牌，她正在找尋新出現在立體地圖上的特殊卡牌位置。卡牌的位置就在那間十號房間之內，她快速走到了十號房然後打開大門。

跟蔡天瑜那次一樣，吳可戀開燈卻沒有亮著，她用手機打開了電筒的功能。

「應該是在……」她看著手機：「露台的位置。」

她走入了房間，她嗅到強烈的膠水味道，是從浴室傳來，吳可戀用手機電筒照著浴室，門是關上的，她的心跳加速，沒有理會那強烈的味道，立即加快腳步走到露台。

她打開了露台的玻璃門，然後在一張沙灘椅腳的位置，看到一張反光的卡牌，她移開了沙灘椅，拿起那張卡牌，在卡牌上面有一個金幣的圖案，還寫著「金錢」。

「金錢？什麼鬼？」

吳可戀跟許靈霾一樣，在解說遊戲時，已經知道人類、病毒、疫苗三樣東西，應該會像「包剪揼」一樣，也許下半部遊戲，就是用這些卡牌對戰，現在出現了一張「金錢」的牌，她也覺得莫名其妙。

「砰！」

突然！

十號房間的大門自動關上！

「誰？！」吳可戀被嚇到大叫。

「嘻嘻嘻嘻嘻，找到妳了！」一把女人的聲音。

門不是自動關上，而是由人關上！

吳可戀聽到聲音後，第一個聯想起的不是「鬼」，而是……「屠夫」！

她快速把露台的玻璃門關上，然後用一個茶几頂著玻璃門的手柄！

月光透過玻璃，吳可戀看到一個短髮的女人快速走向她！

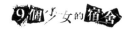

「快出來！我的一百萬！一百萬！」女人大叫。

吳可戀看著她扭曲的樣子，整個人也向後退，背後貼著露台的欄杆。

「快出來！快出來！」

女人用手上的鐵鎚不斷敲打玻璃門，玻璃立即出現了裂縫！

吳可戀知道玻璃不能抵受多久，她轉身俯瞰下方，這裡是三樓，她不可能跳下去！

在她背後出現玻璃碎掉的巨響，吳可戀立即轉身，短髮女人已經把玻璃打碎，還有一些玻璃的碎片插在她的臉上！

「乖乖給我殺死吧！我的一百萬！」

女人用舌頭舔著臉上的血水。

吳可戀會否成爲「病毒遊戲」中，第一個被殺的女生？！

鐵鎚在她眼前揮下來！

《或者，「愁」不會記一世，但「仇」會。》

Chapter #10
Choose
死亡選擇

Chapter #10 - Choose #1

死亡選擇1

「或者人類是地球的病毒，而病毒才是地球的疫苗。」

……

‥

.

病毒（Virus）。

由單一核酸（Nucleic Acids）分子與蛋白質構成的非細胞形態，爲類生物體，無法自行表現出生命現象，只靠寄生生活，介乎於生命體及非生命體之間的有機物種。

簡單來說……

「只要有生命的地方，就會有病毒的存在。」

今貝女子宿舍，除了經營宿舍與場外賭博外，還投資生物科技。而生物科技研究所研發出一種名爲「螺旋」（Spiral）的病毒。

把「螺旋」注射入人類的身體，會破壞腦袋的中樞神經系統，改變人類的精神狀態，出現恐慌、躁動、妄想與暴力行爲，興奮效果比可卡因強上十八倍。

最可怕的是，注射了「螺旋」病毒後，此人不會完全喪失理智，卻變得非常嗜血，會出現不可想像的攻擊性行爲，甚至是撕咬他人、分屍等，也不會被人類深刻在腦海的道德觀所影響。

「螺旋」把人類的道德觀完全瓦解，爲了生存、鮮血及金錢，被注射的人會不擇手段去爭取自身的利益，就如一些輕奮劑藥物一樣，完全不能自拔。

爲什麼生物科技研究所跟今貝女子宿舍合作去製作這病毒？

很簡單，因爲宿舍除了投資，他們還提供用作測試的「人體」。

就如在病毒遊戲的「屠夫」。

這次遊戲出現的屠夫，都是九個女生在生活中認識的人，都是由尼采治找來的「獵人」。

當然，他不會告訴測試的人打在他們身體的是病毒，他只說「完成遊戲，可以得到巨款」，而遊戲就是在宿舍中玩「捉迷藏」。不過，當打入了「螺旋」，他們的捉迷藏就會變成不只是簡單的捉人，而是……「殺人」。

除了可以得到一百萬的獎金，尼采治還跟他們說，他們「討厭」的人也一起參加了這場遊戲，讓他們更想加入。

加入了「屠夫」行列的人，包括了……

吳可戀曾說過想殺死的「老妖」女上司，不過她殺死了黑修女後，已經被金慧希虐殺。

余月晨公司中非常討厭她的女同事，就是那個拿著鐵鎚攻擊吳可戀的女人。

鈴木詩織的叔叔，一直想侵犯她的禽獸。

黎奕希的車房老闆，他一直也不喜歡黎奕希，更何況知道了她偷了公司三十萬？

最後一位，那個拿著大斧頭的男人，他知道自己的女朋友決定殺他，他當然也選擇了「反擊」，這個男人就是程嬅畫的男朋友。

他們分配好各自的武器，準備另一場「屠殺遊戲」。

遊戲最後半小時，五個「屠夫」已經可以看到九個女生的GPS位置，他們的遊戲……

現在才是正式開始！

……

…

.

宿舍一樓。

許靈霾與趙靜香來到了一樓本想找奕希，不過，就在走廊的中央，一個拿著鐵鈎的肥男人擋在她們的面前。

她就是奕希的車房老闆！

「一百萬，不，兩個是二百萬，嘰嘰！」肥男人高興地說：「來！給我去死！」

「現在怎樣辦……」趙靜香問。

「見機行事……」許靈霾說。

本來，她們可以逃走，不過在肥男人腳邊，正踏著一張反光的卡牌！

《當人類成爲了地球的病毒，被殺也是一種救贖？》

Chapter #10 - Choose #2

死亡選擇2

「來吧，讓我把妳們的心臟勾出來！」肥男人快速走向二人。

「我引開他，妳去拾那張卡牌，然後妳立即逃走！」許靈霾說。

「但……」

「快！」許靈霾打開了胸前的鈕扣，對著肥男人大叫：「來吧！我心臟在這裡！」

「去妳的婊子！先殺後姦！」

肥男人向許靈霾攻擊，許靈霾立即閃開！同一時間，趙靜香從另一邊逃走！

她快速拾起了地上的卡牌，然後回頭看著靈霾，男人繼續用鐵鈎向她攻擊！

趙靜香沒有立即離開，她拿起了走廊旁放著的花樽，從肥男人背後一下敲下去！花樽應聲碎裂，男人慢慢回身看著趙靜香。

「媽的，偷襲我？」肥男人血流披臉，可惜沒有停止的意欲：「先殺妳！」

男人手起鈎落，鐵鈎已經來到了趙靜香的頭上，她害怕得整個人僵住，只能合上眼睛，等

待死亡！

「你才去死！」

就在電光火石之間，許靈霾用盡全身的力氣把男人整個人撞開！他們一起落在地上！

同一時間，也在一樓的黎奕希，聽到吵鬧的聲音，馬上趕到過來！

「老……老闆？」她沒想到會在這裡遇上車房的老闆。

「啊？奕希嗎？我第一個想殺的人就是妳！」男人立即站起來，衝向黎奕希。

鐵鈎在黎奕希的胸前劃過，黎奕希一個箭步回身，踢向老闆的後腦！他整個人向前仆，頭部碰上牆壁，當場昏迷！

許靈霾與趙靜香也看到呆了。

「難道我空手道黑帶又跟你說嗎？」她看著地上的老闆：「我入女童院前代表學校贏過總冠軍。」

「他……死了嗎？」趙靜香看著那個男人。

黎奕希蹲下來用手指量量他的鼻子：「沒有，只是暈死了，不過殺了他有二百萬，我真的想殺了他，哈！」

趙靜香用地力擁抱著黎奕希：「剛才嚇死我了！」

「放心吧，現在沒事了。」黎奕希說：「不過，在二樓我也被一個拿斧頭的人攻擊，所以逃到了一樓。」

「這個肥男人是妳的老闆？」許靈霾問。

「對，是車房的老闆，不知道爲什麼他會在這裡。」黎奕希皺起眉頭。

「看來宿舍的人把我們身邊的人也引入了遊戲之中。」許靈霾說：「好吧，我們快走吧，再找其他的卡牌。」

「好！月晨也在這一層，還有三張卡牌，我們去找吧，別給她先搶到！」黎奕希說：「之後我們一起去找天瑜，她在天台！」

「好！走吧！」

她們三人向一樓的藍點前進。

……

…

‧

宿舍天台。

「他們」兩個人，終於遇上了。

一對決定殺死對方的情侶遇上了。

「華，爲什麼要背叛我？」程嬅畫眼睛泛起淚光。

「媽的，妳以爲妳自己是誰？妳有什麼資格說我背叛？」然後，男友從褲袋中拿出一張已經摺皺了的相片掉在地上：「難道妳跟學校校長去開房不是背叛？」

程嬅畫聽到後整個人也呆了。

「殺了妳後，我會把妳的相片在社交網頁中公諸於世！去妳的程嬅畫！」

程嬅畫的眼淚流下，這個曾經深愛的男人，已經變成了自己的……仇人。

她必須殺死的「仇人」。

她知道自己，已經沒有退路！

《愛就是懂得讓步，不去互數對方的不好，但又有幾多人能做到？》

Chapter #10 - Choose #3

死亡選擇3

再無話可說，阿華雙手拿起了斧頭劈向程嬅畫！

程嬅畫向後退，斧頭劈了個空，阿華沒有任何猶豫，再次向這個曾愛過的女人攻擊！

「你眞的……狠心殺我？」程嬅畫大叫。

「我想起妳跟那個男人上床，我就他媽的想殺了妳！」阿華的斧頭擊中了房間的牆壁：「殺妳後，我會把那個男人碎屍萬段！」

這是愛的另一種表達？

如果程嬅畫不是他生命中重要的人，他心中那份妒忌與仇恨，根本不會存在，相反地，如果程嬅畫只是玩完卽棄的女人，他才不介意她跟其他男人上床。

世界上有幾多的情侶「因爲愛，所以恨」？多不勝數。

我們都生活在扭曲的世界中、生活在扭曲的關係之中。

程嬅畫不斷閃避阿華的攻擊，阿華把斧頭劈在地上，她找到一個空檔位置，走到他的身

後……

在她的後頸打了一針！

同樣想把對方殺死的人，不只是阿華！而且，程嬅畫又怎會沒有準備？宿舍的人已經幫她準備了毒針，只是程嬅畫在這段時間遲遲也沒有出手！

現在，是最好的機會！

阿華一掌把程嬅畫推開，他摸著自己的後頸，把針筒拔出。

「媽的！妳打了什麼在我身上？！」

程嬅畫用手背抹去嘴角的血水，不斷向後爬。

「快說！妳打了什麼入我身體！」

阿華再次雙手緊握斧頭走向她，程嬅畫已爬到牆角，再沒地方躲避！

就在此時……

阿華雙手乏力，又重又大的斧頭跌在地上，他全身也感到劇痛，尤其是身體上的皮膚，開始出現了難耐的痕癢！

「發……發生什麼事……」

阿華倒在地上，身體就像被成千上萬的蜜蜂針到一樣，他不斷地抓自己的皮膚，抓出了血跡，甚至抓破了臉上的皮膚，流出了血水！

程嫜畫看著阿華痛苦地掙扎，她的眼淚像泉水出一樣湧出，她沒有離開，一直看著他在掙扎！

「救我……救……我……」阿華看著她。

程嫜畫沒有任何反應，只是瞳孔放得很大，一直釘著阿華！

或者，我們都痛恨那些曾經傷害自己的人，甚至想過他死了會更好。不過，當眞正看著那個一生中最討厭的人在自己面前死去，那感覺難以用筆墨形容。

而且，把他送上地獄的人，是程嫜畫自己！

又愛又恨的感覺，根本沒有任何一個字可以貼切地形容！

她起初是恐懼，慢慢地看著阿華垂死掙扎，她反而有一種……「快感」！

她一面流下眼淚，一面笑了。

……

…

．

宿舍地下的廚房。

鈴木詩織的叔叔把她抱到櫥櫃之上，把她雙腳張開，詩織的上衣已經被扯下，叔叔用他那長舌頭不斷在她的頸上舔著。

「少女的身體，又香又甜！」

「叔叔，你的舌頭……很長……」鈴木詩織發出了呻吟聲音，然後她用兩根手指輕輕提著叔叔的舌頭。

「當然，我#&$〈@……」被捉著舌頭的叔叔，說話不清楚。

「這麼長，眞的太好了。」鈴木詩織微笑地說。

她說完這句話後，下一個畫面，血水已經濺到她的臉上！

鈴木詩織另一手拿著剪刀，快速把叔叔的舌頭……

剪了下來！

《崩潰從來不需要理由，但別奢望有誰會懂你。》

Chapter #10 - Choose #4

死亡選擇4

「呀！@＊＃&＃〈@！」

叔叔完全想不到鈴木詩織會把他的舌頭剪掉，他雙手掩著嘴巴痛苦地大叫！

「現在你的舌頭……變短了，也許比你那話兒更短呢。」鈴木詩織用手指拿著半條舌頭在搖晃。

叔叔看著身邊的廚刀，不過鈴木詩織比他更快，先拿起！下一個動作，鈴木詩織雙手用力地握緊廚刀，插入叔叔的下體！

「你那東西，也沒有用了！」鈴木詩織拔出廚刀，血水射在她的身上。

叔叔痛苦得在地上打轉。

鈴木詩織沒有再理會他，她拿出了手機看著地圖。礙事的人已經被她解決，她回到自己的目標之上……找尋卡牌。

她看到紅色的點，就在廚房之中。

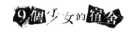

她看了一眼還在痛苦掙扎的叔叔，然後繼續找尋卡牌。

……

…

．

三樓十號房間。

那個余月晨的短髮女同事，拿著鐵鎚走向吳可戀，吳可戀背後就是欄杆，她根本沒法逃走。

「慢著！妳殺我可以得到一百萬嗎？我……我給妳二百萬，我在遊戲中贏回來的，妳別要殺我！」吳可戀說。

「跟我討價還價嗎？」短髮女人奸笑：「對不起，我才不會相信妳！」

鐵鎚已經高高舉起，就在她快要敲下去的一刻，一把聲音在她的背後傳來！

「是誰打破了我房間的玻璃？」一把陰森的聲音說。

房間內還有其他人！

女人轉身看著房間之內……

空無一人！

吳可戀趁這機會，立卽逃走！

她用力撞開了那個女人，然後立即衝出十號房間，關上大門！

「呀！！！」

在房間內，傳來了痛苦的叫聲，叫聲是屬於那個女人！

吳可戀全身起了雞皮疙瘩，明明她進去時根本沒有人，那把陰森的聲音究竟是誰？

她也不能想太多，現在要立即逃走！

……

…

.

遊戲時間只餘下十分鐘。

九個女生已經收集全部的卡牌，只餘下兩張特殊卡牌。

組別	人物	擁有卡牌數目	特殊卡牌
第一組	**吳可戀、程嬅畫**	19	2
第二組	**許靈霾、趙靜香**	15	2

第三組	蔡天瑜、黎奕希	16	1
第四組	鈴木詩織、余月晨	17	2
第五組	金慧希、黑修女	23	1
總數		90	8

九個女生在這次的病毒遊戲中都遇上了不同的情況，無論是受到攻擊，還是殺人，大家也有著可怕的經歷。

三樓。

吳可戀離開十號房間後，尋覓最後一張在三樓的特殊卡牌，她的腳步非常小心，因爲她不知道會不會還有其他人攻擊她。

她來到了三樓的藝術室，裡面放滿了不同的藝術雕像。入住之初，她曾經參觀過這間藝術室，不過因爲覺得太無聊，她對雕塑一點也沒有興趣，所以沒有再來過。

「這個……」她看著前方，有一個女人的雕塑：「之前好像沒有這個雕像。」

不過她也不理這麼多，因爲 GPS 顯示，紅點就在雕塑的下方。

「終於找到了！」

在地上，放著一張反光的卡牌，她拿起來看，是印著「死神」外表的卡牌，這是一百張卡牌中唯一張……「死神」卡。

她拿走卡牌後，本想離開，不過她再次回頭看著那個女性的雕像，雕像的樣子很像一個認識的人，不過吳可戀又想不起這人是誰。

最特別的，就是雕像的外觀。

外觀是一個驚慌地張開嘴巴而且沒有手腳的……女人雕塑！

《什麼讓人最心寒？是人類的欲望。》

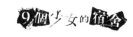

Chapter #10 - Choose #5

死亡選擇5

另一樓層，地下室。

金慧希在早前進行碟仙遊戲的房間，找到了最後一張特殊卡牌。

跟吳可戀一樣，也是一百張牌中只有一張的特殊卡牌，卡牌上印著一個天使像，這張卡名爲「聖神」。

時間還餘下五分鐘，金慧希慢條斯理地走回一樓的會堂。她經過剛才殺死「屠夫」與黑修女伏屍的位置，兩具屍體已經被移走，而且在一旁的長椅上，還放著新的衣服。

她的手機響起。

「**特別爲妳準備的新衣，用來替換妳滿身血跡的衣服。Welcome To Our Game！**」

「嘿，眞有心。」金慧希淺笑，然後把身上的血衣脫下。

她的皮膚非常白，不過卻佈滿了疤痕，手腳、胸前、背後滿滿是長長短短的傷疤，也許，在她二十來歲的人生中，已經經歷過比別人……

更痛苦的過去。

……

…

·

一樓會堂。

遊戲時間已經結束，金慧希是最後一個回來的女生，她已經換上了宿舍提供的衣服。

「請到後台。」黑修女說。

一個半小時，除了被殺的黑修女外，終於看到了其他的修女。

金慧希走上了台，然後走入了後台，其他的八個女生已經等待著。

她們的表情全部都非常凝重，沒有任何的笑容。

「媽的！已經人齊了，還不出來解釋？」氣憤的黎奕希說：「我們差點被殺！妳們究竟想怎樣？爲什麼我車房老闆會來到宿舍？快來解釋！」

此時，綠修女終於走出來，不過同時……

「啪啪啪啪！」

在後台九個女生休息的位置，從上方落下了高高的鐵欄，把九個女生跟其他的修女隔開！

「發生什麼事？！」

蔡天瑜用力地想移動鐵欄，可惜，高鐵欄已經深深地插入地板之中，她們全部人也沒法離開！

「前面有門！」

余月晨走向了鐵欄門前，門已經被鎖上，在門的對面，又是高高的鐵欄。現在的情況，就如兩間鐵欄房間相連著，一邊沒有人，而另一邊是九個女生。

「綠修女，妳想怎樣？」吳可戀看著鐵欄外的她：「不是已經完成了第一部分遊戲嗎？」

「還沒有結束，嘻。」

綠修女脫下頭上的頭巾與假髮，終於看到了她的全貌，她是一個光頭的女人。

「現在來到病毒遊戲上半部的最後環節。」綠修女高興地說：「人性的選擇！」

突然，後台的上方傳來了聲音，她們九個女生一起看著上方。

「什麼？！」她們看到不禁大叫。

上方的機關移動，出現五個人被倒吊在後台的上方！

已經死去的吳可戀上司、昏迷的黎奕希車房老闆、被插下體的鈴木詩織叔叔、中毒的程嬅畫男朋友阿華，還有滿身不明液體的余月晨同事。

五個「屠夫」被倒吊在上方！

《你的過去痛苦嗎？比起你的現在呢？》

Chapter #10 - Choose #6

死亡選擇6

「爲什麼老妖……會在這裡？」吳可戀看著已經死去的上司。

「爲什麼要吊起他？」黎奕希指著車房老闆。

「是……阿美？她怎會在這裡？」余月晨看著那個短髮的女人。

還有程嬅畫與鈴木詩織，她們沒有說話，只是看著奄奄一息的男友與叔叔。

「人性的選擇現在開始！」綠修女摸摸自己的光頭：「五個人之中，有四個還未死去，妳們可以選擇拯救他們，還是殺了他們！如果選擇拯救他們，我們會把他們放下來，不過，我不知道你們一起被困在鐵籠之內，他們會怎樣對妳們？始終，在剛才的一個半鐘，妳們是如何對他們，我想不用我說吧？」

許靈霾看著對面隔著的鐵欄，地上已經放了他們五人剛才使用的武器，還有一條打開中間門的鎖匙。

「如果妳們選擇殺了他們，我們會把吊著他們五人的繩索剪斷，大家不難想到，他們將會頭部著地，爆頭而死！」綠修女說：「來吧，我們先來預演一次！」

綠修女說完，已經死去的「老妖」上司，被剪下繩索，整具屍體從高空墮下！

「砰！」

頭骨跟地面碰撞時發出了巨響！

女人整個頭扭曲，頸骨折斷，血水從她的口中不斷流出！

她們看到墮地的一刻也未懂得驚，呆了一兩秒以後，才發出淒厲的尖叫聲！

吳可戀看到曾說要殺死的上司這樣死在自己的眼前，她完全說不出話來，乏力地站在地上不斷搖頭。

說殺人很簡單，但當看到她慘死，又是另一回事。

「她只是一件已經死了的屍體，大家就當是一個木偶掉下來吧！」綠修女完全沒有感覺：「好了，現在還有四個活生生的人，他們的生死就操縱在妳們手上！」

她們九個女生的手機一同響起，在宿舍的 APP 內出現了「選擇」。

「拯救」或「殺害」？

「給妳們三分鐘時間考慮，不投票會視爲『拯救』。三分鐘後，『死亡選擇』正式開始。」

綠修女高興地說：「別要忘記，如果你們選擇『拯救』，我們會把他們放下來，然後他們有可能打開你們中間的鐵門！」

她們九個女生聽著她的說話。

「還有，忘了跟妳們說，他們身上被注射了一種名爲『螺旋』的病毒，當妳們拯救他們後，只要被他們咬到，就可以把病毒傳播給妳們！」綠修女說。

同一時間，在上方的黑修女，拿起了幾個水桶，淋向了昏迷與半死的四人身上！

她們要把四個「屠夫」弄醒！

「發……發生什麼事？」車房老闆第一個醒過來，因爲被倒吊，他立即嘔吐：「爲什麼……我會在這裡？！」

「現在，你們的生命就在她們九個女生手上，她們可以選擇『拯救』你們，又或是『殺害』你們，把繩剪斷，讓你們掉下去！當然，票數是少數服從多數！」

其他三個半死的「屠夫」也聽到她的說話，血水不斷從高處滴在地上。

「月……月晨，求求妳……救我……救我……」短髮女人痛苦地說。

余月晨看著她，然後看著地上的武器。

「我救了妳……妳會反過來殺我嗎？」余月晨問。

綠修女抬頭看著短髮女人：「我想說，遊戲還未結束的，如果她們放了妳，妳還是有機會用妳手上的武器殺死她們，然後得到一百萬的獎金！九個人就是九百萬！」

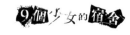

「不……不會……我知錯了，不要殺我……」叔叔看著詩織：「詩織，我知錯了，如果我沒有死去……一定會……好好做人……好好做人……」

他的說話……眞的能夠相信？

《爲了生存而說的話，你會當眞？》

死亡選擇7

「嫜畫。」身體滿是血抓痕的阿華說：「來到這一刻……我也快要死了……不過……我想跟妳說……妳永遠是我人生中……最重要……最愛的女人。」

除了血水，阿華的眼淚也一滴一滴地落到地上。

「不要說了！不要！！！」程嫜畫用雙手掩著耳朵。

是「人之將死，其言也善」？還是爲了生存下去，說出的謊話？

剛才程嫜畫其實可以直接殺了阿華，不過，她還是沒法狠下心！

「放我下來！奕希！對不起！是我的錯！」車房老闆繼續大叫：「是他們把針打在我身上才會變成這樣！」

黎奕希不斷搖頭，的確，車房老闆又未至於討厭得非殺不可的地步，她根本就不想殺死任何人。

「還有兩分鐘。」

上方的「屠夫」不斷求饒，下方的女生開始討論。

「我不想殺死任何人。」黎奕希說：「雖然我不喜歡他，不過，也不至於殺了他！」

「但如果我們放過他，他們會得到武器……」蔡天瑜說。

「他們都受傷不輕，或者，沒法攻擊我們。」許靈霾說。

「但他們的身上有……病毒。」金慧希說：「只要他們在這困獸鬥中，咬到我們就已經把病毒傳播給我們任何一人。」

簡單的一句，就提醒了在場的女生。

傳播病毒。

就如世界各國一樣，當出現了疫情，口中當然會大仁大義地說支持爆發疫情的國家，不過，身體卻很誠實，也許第一個選擇封關的，就是說什麼「加油」的國家。

誰也不想病毒會傳染給自己！

「不過，他們都說改過自身了……」鈴木詩織楚楚可憐地說。

吳可戀與許靈霾立即看著她，因爲她們都知道，鈴木詩織不會是這麼簡單，她只是在說謊！

「沒有時間了，先救人吧！」黎奕希說。

「等等！」蔡天瑜阻止了她：「老實說，我不想間接殺死任何人，不過，這四個我完全不認識的人，可能會傷害我，甚至會殺了我！」

「嬅畫！你快說話吧，那個男人是妳男友嗎？妳不想救他？」黎奕希捉著她的雙臂。

「別要來煩我！我不知道！」程嬅畫把她的手打走。

「什麼……不知道……」黎奕希完全清楚她們兩人的關係。

「還有最後……一分鐘。」綠修女說。

如果投票方法是不投票會視爲「殺害」，她們還可以不去按下選擇，逃過一絲的良心責備。不過，現在的規則是不投票會視爲「拯救」，而非「殺害」，這代表她們如果不作出選擇，就會有機會危害到自己，甚至是其他人的生命！她們必須投票！

很可怕的「人性選擇題」。

她們都在膠著的狀態。

時間一分一秒過去，四個「屠夫」都在上方不斷求饒，她們的心跳加速，沒辦法作出正確的思考！

不，不是「正確」，而是道德、利益、人性的思考。如果只選擇「正確」，沒有人會不選擇「拯救」。

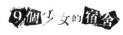

最後的一分鐘時間過去！
九個女生也按下了自己的選擇！
在後台的顯示版上，出現了最後的結果……

《如果你是其中一人，你會選擇「拯救」還是「殺害」？》

Pharmaceutical Sickdom
00 — XX IVO
Fentanyl Transdermal

Chapter #10 - Choose #8

死亡選擇 8

顯示版顯示……

2 VS 7

「是二對七！這是最後的結果！」綠修女大聲地說。

兩個人選擇了「拯救」。

七個人選擇了「殺害」！

只有許靈霾與黎奕希選擇了「拯救」，其餘七個人，都選擇了「殺害」！

爲自己的生命，作出了**人性的答案**！

「你們全部不得好死！全部下地獄！媽的！賤人！婊子！臭女人！」車房老闆瘋了一樣大叫。

同一時間……

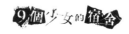

「呀呀呀呀呀！！！」

綁在他腳上的繩索被剪斷，他第一個從高處掉下來！

這次不是屍體，而是一個有血有肉的人！

車房老闆頭部首先落地，發出了巨響！

九個女生只有金慧希目不轉睛地看著他從高處墮下的整個過程，其他人完全不敢直視！

男人頭骨爆裂，血水從他的七孔流出，他當場死亡！

「救……救命！不要！我不想死！」短髮女人痛苦地大叫。

可惜，沒有人可以拯救她！

繩索被一刀剪斷，她是第二個從上方墮下的人！

「爲什麼……爲什麼我要死！爲什麼？！鈴木詩織！我做鬼也要來找妳！賤女人，妳……」

叔叔還未罵完，第三個掉下來的人是他，同樣的發出了巨響！

「程嬅畫，我跟妳說……」阿華還露出了奸笑：「剛才都是說謊！我一點都不在乎妳！妳只是我用來上床的發洩工具！他媽的發洩工具！」

最後一個人，在兩個籃球架的高度墮下！阿華在人叫，直至他的頭顱撞擊地面，大叫隨即停止，換來的是巨響與骨裂的聲音。

明明要別人拯救時都說出動人的說話，不過，當知道自己沒法被救，眞實的想法出來了，所有最惡毒、最眞心的說話，才會從他們的口中出現！

這才是最眞實的「人性」。

現場一片死寂，就算哭泣聲也得忍著，不敢發出聲音。她們就像殺人兇手一樣，一次過殺死了……**四個人**。

血水向她們的方向流去，她們只可以後退，緊貼著鐵欄。

「是……是他們先想殺我們，我們……我們才會選擇自保！」余月晨說。

她除了是跟在場的人說，也是跟自己的「良心」說。

「出去後我一定會報警！揭穿妳們的計劃！」黎奕希非常憤怒。

「啊？明明就是妳們投票不去救他們，妳還能說什麼？」綠修女奸笑：「如果這次遊戲傳了出去，在不同的社交網頁瘋傳，妳猜妳們會得到什麼的對待？」

「為了自救而殺人的賤女人。」一把男生的聲音。

是尼采治，他也來到了後台。

「妳們將會成爲全香港，甚至是全世界最討厭的人物，網上與傳媒必定會大做文章！不只這樣，也許在法律上，妳們也要付上責任，殺人的責任！而且，妳們都收了我們宿舍的錢，不是嗎？」

「你……」黎奕希沒法說出話來。

趙靜香緊緊捉住她的手臂。

這就是整個「病毒遊戲」的計劃，整個遊戲的……

眞正目的。

未來遊戲繼續下去，也許總有一天，她們會向更多人說出遊戲的事情。但現在，她們九個女生同樣被拉下水，把事情說出去，完全沒有好處！

現在的她們已經成爲了宿舍的……

「**共犯**」。

《人不會選擇傷害自己，人寧願選擇良心責備。》

Chapter #10 - Choose #9

死亡選擇9

「我不想住下去了……不想！」蔡天瑜不斷搖頭：「我要離開！」

「妳忘記了最初簽署的十八頁長英文入宿同意書嗎？」尼采治笑說：「啊？看來妳沒看清楚吧？妳們不能擅自結束入住宿舍，不然，妳們要每人賠償三百萬美金給宿舍！」

「什麼？！」

在場的九個女生，根本就沒人細閱那一份十八頁長的同意書。

「別忘記，妳們已經直接與間接殺了人，當然，如果妳們安分守己，死的人都只會變成了『意外死亡』，根本與妳們無關。」尼采治說：「而且，也不用再瞞妳們了，我給妳們看一些東西。」

分隔著後台與舞台的牆壁突然升起，可以看到台上放著一件東西。

「這是……」吳可戀皺起眉頭說：「我在三樓的藝術室看到的雕塑！」

同一時間，趙靜香全身抖顫，整個人坐在地上不敢直視那個雕像。

「靜香，怎樣了？」許靈霾問她。

她沒有回答，同時回憶起那天馬鐵玲輸掉的情境……

……

：

·

那天，天台行刑房內。

「馬鐵玲，非常抱歉，妳輸掉了，妳要兌現自己的承諾。」紅修女興奮地說：「交出妳的雙手雙腳！」

「不要！我不要！不要！」馬鐵玲瘋狂掙扎。

「不過，還有一個讓妳沒這麼痛苦的選擇。」紅修女看著勝出的趙靜香：「贏了的靜香，可以代替妳被斬去一隻手，當然，幫不幫都是由靜香決定吧，哈哈！」

「靜香！靜香！幫幫我！幫幫我！」馬鐵玲哀求她。

「我……」趙靜香露出了痛苦的表情。

「靜香，妳的選擇是？願意代鐵玲斬下一隻手嗎？」

趙靜香腦海中，出現了劇烈的痛苦！她的眼淚流下，不斷地搖頭！

「靜香，幫幫我！我求求妳幫幫我！」

幫幫我！幫幫我！幫幫我！幫幫我！幫幫我！幫幫我！

馬鐵玲不繼重複這句說話。

可惜……

「對……不起……我沒法幫妳！我不想被斬去一隻手！」

什麼是好人？會爲別人著想？

通通都是假說話，當真正傷害到自己的時候，所有的慈悲、仁愛、惻隱之心都會通通變成……「垃圾」！

「對不起！鐵玲對不起！」

趙靜香不斷搖頭，她看著馬鐵玲的眼神，除了非常痛苦，同時也……

非常恐怖！

……

：

·

會堂內。

趙靜香沒法直視那個雕像，因爲雕像的外表，極像被斬去手手腳腳的馬鐵玲。

「她就是第一回合輸掉了的……馬、鐵、玲！」尼采治說。

「什麼？！」

「她在碟仙遊戲中願意用雙手雙腳換取分數，可惜最後也輸掉了，所以我們履行了承諾，把她的手手腳腳斬下來！可惜，她沒法活下來了，最後我們決定把她的屍體做成雕塑來好好懷念她！哈哈！」

沒法活下來，是不幸？還是慶幸？

「在雕像內，就是死去的馬鐵玲！」

蔡天瑜聽到後，已經忍不住在嘔吐！

不只是她，全場人都想像到那些血腥的畫面，也一起反胃！

「如果妳們決定沒有批准就擅自離開宿舍，可知會有什麼下場了，嘰！」尼采治說。

「我們……爲什麼要相信你？」吳可戀說：「雕像只是像馬鐵玲而已！」

「妳不相信嗎？那妳不如問問趙靜香就知道了，因爲最後是她贏了馬鐵玲，馬鐵玲才會落得這個下場。」尼采治說。

「靜香……是真的嗎？」吳可戀問。

趙靜香沒有說話，這已經代表了……尼采治沒有說謊。

「變態的！你們都是變態的！」程嬅畫大叫。

「也不夠妳吧？把毒針打入男朋友的身體，而且最後也選擇殺死他！」綠修女說：「說變態，妳不是更變態嗎？」

程嬅畫瞪大了眼睛向後退，她沒法反駁。

「下半部的病毒遊戲，將於兩小時後開始，現在是休息時間。」尼采治自信地說：「妳們就好好收拾心情，迎接下半部遊戲！」

她們已經完全了解宿舍兇殘的遊戲計劃，同時，也代表了……

她們已經沒法回頭了。

《你總是爲了別人傷害自己，同時你爲了自己傷害別人。》

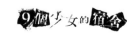

Chapter #10 - Choose #10

死亡選擇10

二樓。

許靈霾的房間內。

許靈霾、趙靜香、蔡天瑜與黎奕希，第二、第三組的人來到了她的房間一起討論。

「剛才……對不起，我最後沒有拯救那四個人。」趙靜香說。

「我也是，對不起！」蔡天瑜說。

「我明白的。」許靈霾說：「沒辦法，就算加起妳們兩個，我們都只是四個人，最後也沒法拯救他們。」

在場的四個人也沉默下來。

親眼看著活生生的人在自己面前死去，不是一時三刻能接受的事。

「現在他們已經明目張膽把事實告訴我們，而且也把我們牽連在內。」許靈霾說：「看來，我們已經沒法就這樣退出。」

「那我們現在要怎麼辦？」黎奕希問。

「見步行步。」許靈霾躺在床上，秀髮散在床單之上。

「眞的不報警嗎？」蔡天瑜問：「現在……現在已經眞眞實實死了人！」

「這宿舍一直可以這樣存在，一定不簡單，他們剛才也說了，我們已經被牽涉在內，她們絕對有能力讓我們背上罪名，而且……」許靈霾轉頭看著蔡天瑜：「妳還相信警察？」

蔡天瑜搖頭。

「靜香。」黎奕希看著她：「我明白妳這段時間的心情，不過，我們永遠都站在妳身邊，放心吧！」

「謝謝妳們。」趙靜香微笑：「其實，我還有一件很重要的事想跟妳們說。」

她想說出她認識黃修女的事。

此時，許靈霾把一張字條放在床單之上，她想讓其他人看到。

「**別要亂說話，他們一定在偷聽中**。」

其他人也明白她的意思。

「總之我們先完成下半部的遊戲，其他的事之後再說吧！」許靈霾說。

趙靜香點頭。

「我們冒著生命危險拿取的卡牌，究竟有什麼用？」蔡天瑜看著手上的卡牌。

「什麼也好，大家要小心。」許靈靈認真地說：「除了宿舍的人外，我們也要小心那個新來的金慧希，我覺得她好像……」

「享受著遊戲。」趙靜香替她說出來。

「沒錯。」

不同的人相繼死去，滿是血腥與鮮血，但這個女生不但不害怕，甚至是在「享受」，所以她們需要更加要提防她。

二樓另一邊，吳可戀的房間。

吳可戀、程嬅畫、余月晨，還有鈴木詩織，第一、第四組的兩組人在討論著。

她們這一邊，也有認識的人死去，雖然死去的人都是她們一直討厭的，不過她們還是未能完全接受。

「沒想到……會變成現在這樣。」吳可戀想起了死去的上司：「我想她死只是說說，沒想到她真的死去了……」

「我也是……」余月晨說：「我真的很討厭這個同事，不過，沒想到她真的會死在我眼前。」

「明明就是妳們按下『殺害』，妳們還要扮成覺得很可惜嗎？」程嬅畫說。

她的眼神，自從把毒針打在男友身上之後，已經完全改變。

明明，死去的人之中，她跟阿華的關係是最親密，不過，她已經收拾了心情似的。

她拿下了眼鏡，對著她們說。

「現在，最重要的是贏出整個遊戲。」

《人會改變，甚至是瞬間長大。》

Chapter #10 - Choose #11

死亡選擇11

金慧希回到自己的七號房間。

回到房間後，走入了浴室洗澡。

她把不屬於她的衣服脫下，從鏡子中看著這個全裸又滿身疤痕的自己。

「嘿。」她對著鏡子露出了一個自信的微笑。

然後，她拿出了手機，還有一個五元大的圓形按鈕。

一個竊聽的工具。

她打出了一個電話，跟對方用韓文對話，根本聽不到她在說什麼。

一分鐘後，她掛線，然後，她用一塊小刀片在自己的肚皮上劃了一下，血水從她的腹部流下，被水沖去。

她的樣子有點痛苦，不過卻非常滿足，就像做愛時，得到快感的感覺。

「我要……把妳們全部殺死！」她再次對著鏡子中的自己說。

究竟，這個韓國來的女生，是什麼人？

來到宿舍入住，又有什麼原因？

還有十五分鐘，下半部的遊戲再次開始。

在花園沒法被竊聽的長椅附近，許靈霾與吳可戀約在這裡見面。

山上的夜空特別清澈，而且今天是滿月，月色非常皎潔，可惜她們二人也沒有心情去欣賞在這個城市很少可以看到的夜景。

「宿舍的大門鐵閘已經有人在守著。」許靈霾吐出了煙圈：「沒有人可以逃走。」

「妳們那邊的人怎樣？」吳可戀坐在長椅上。

「還是沒法接受，不過也冷靜了下來，妳呢？」許靈霾說。

「比我想像中更冷靜。」吳可戀說。

「妳想說是……冷血？」許靈霾說。

吳可戀沒有回答她，不過她們都心裡有數，在這次遊戲之後，她們更清楚什麼是「人性」。每個人都因爲「遊戲」有一點改變，是變好還是變壞，沒有人知道，不過可以肯定，在未來的日子，大家都會因爲此事而「發惡夢」。

「有什麼對策？」吳可戀問。

「妳指下一場遊戲？」許靈霾看著路燈：「現在什麼也不知道，只知道是用卡牌玩遊戲，又可以有什麼對策呢？」

「我意思是……如果會被殺，我們要怎樣做？」

許靈霾看著吳可戀，她知道吳可戀所說的「被殺」，的確有機會發生。

「我有準備。」許靈霾說。

「準備什麼？」

然後，許靈霾在吳可戀的耳邊說。

「這……」

許靈霾做了一個安靜的手勢。

「希望不會用到。」許靈霾說：「總之，我們還在合作，別要忘記。」

「我知道。」吳可戀撥撥頭髮：「除了鈴木詩織，我們還要小心那個新來的女生。」

「金慧希？她對死去的人一點感覺也沒有，還是面不改容。」

「還有一件事，我覺得很奇怪。」

吳可戀說出了在十號房間發生的事。

「妳意思是還有其他人在？」許靈霾問。

「對。」吳可戀看著宿舍：「而且，宿舍的人好像不太知道這件事。」

「不會吧？」

許靈霾思考著她的說話。

「完成了這次的『病毒遊戲』後，我們再去調查吧。」她說。

「好。」吳可戀突然握著許靈霾的手：「妳……別要這樣就死去。」

許靈霾有點愕然，不過，她很快就微笑回答：「妳也是。」

她們兩人站了起來，一起走回今貝女子宿舍。

一起準備參加……

「下半部」的遊戲。

《要一起經歷過痛苦，才更懂得互相照顧。》

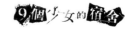

[illegible]
[illegible] [redacted]
[illegible] [redacted] [illegible]
[illegible]

Pharmaceutical Sickdom
00 — XX IVO
Fentanyl Transdermal

下半部

Second Half

Chapter #11

Chapter #11 - Second Half #1

下半部 I

兩小時後。

她們九個女生來到了地下室的遊戲房。

這間遊戲室跟碟仙遊戲的完全不同，整個房間都是高科技的設備，一個巨大的螢光幕放置在前方。

「很好，已經人齊，看來妳們的精神狀況不太好呢，不過沒關係，很快妳們就會投入下半部的病毒遊戲了！」綠修女已經戴回頭巾與假髮：「下半部遊戲將會是……卡牌對戰遊戲！」

許靈霾沒有猜錯，就是像「包剪揼」的卡牌對戰。

「早前已經說過『人類』、『病毒』與『疫苗』的關係，現在我來說明遊戲的詳情。」綠修女說。

在她背後的大螢光幕，出現了一個圖表。

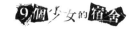

組別	人物	擁有卡牌數目	特殊卡牌
第一組	吳可戀、程嬅畫	19	3
第二組	許靈霾、趙靜香	15	2
第三組	蔡天瑜、黎奕希	16	1
第四組	鈴木詩織、佘月晨	17	2
第五組	金慧希	23	2
	總數	90	10

「這是妳們在上半部遊戲得到的卡牌數目，一共一百張。」綠修女說：「現在妳們五組人，要分成三隊進行對戰！」

綠修女開始說出了遊戲的詳情。

首先是卡牌。

Win

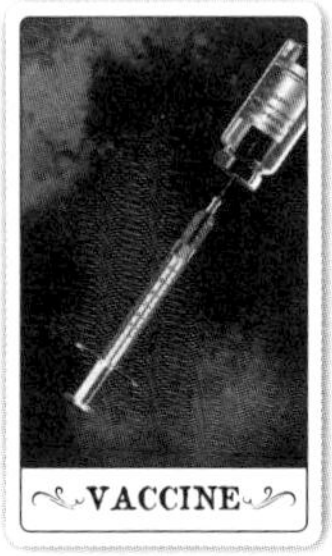

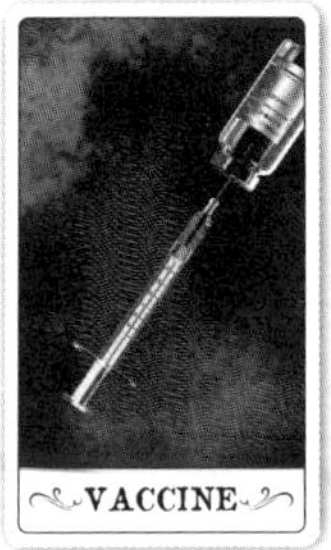

Win

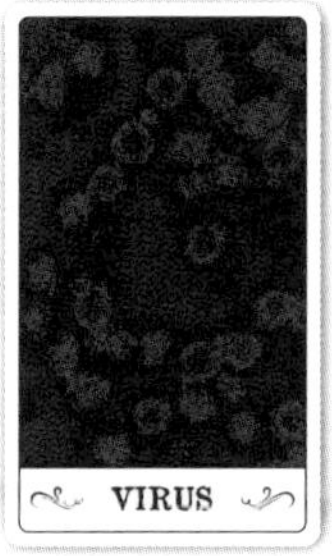

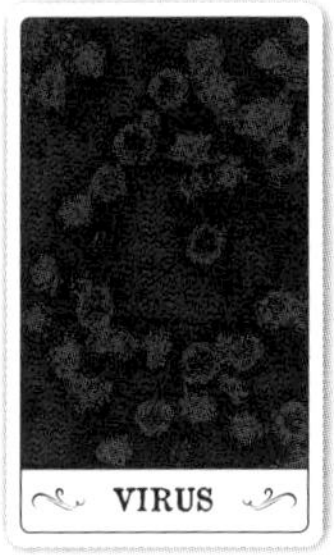

Win

人類贏疫苗
疫苗贏病毒
病毒贏人類

Storage Conditions:
Store at 20° to 25°C
(68° to 77°F)
See USP Controlled Room Temperature.

對戰的兩組人，首先各自選出使用的兩張卡牌放在桌上，然後，把其中一張打開給對方看，另一張蓋著。雙方決定從兩張卡牌中選出一張用來對戰，就如包剪揼，人類贏疫苗、疫苗贏病毒、病毒贏人類。

使用的兩張卡牌完成遊戲後，就會變成了廢牌，直至一方用完手上所有卡牌爲遊戲結束。

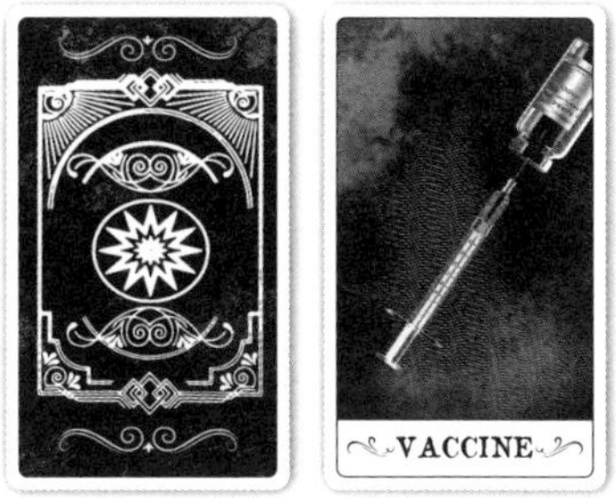

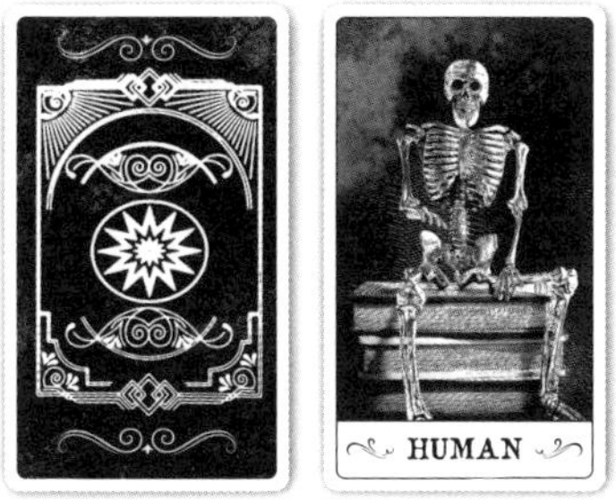

「那特殊卡牌呢？有什麼用？」吳可戀問。

「非常好的問題，我會慢慢解釋。」綠修女說。

十張特殊的卡牌，分別是四張「武器」、四張「金錢」、一張「死神」與一張「聖神」。

特殊卡牌的功能：

武器：可搶奪別人的普通卡牌一張；

金錢：可交換別人的普通卡牌一次；

死神：可打開對方全部卡牌而搶奪普通卡牌一張；

聖神：可跟對方交換一樣數目的全部普通卡牌。

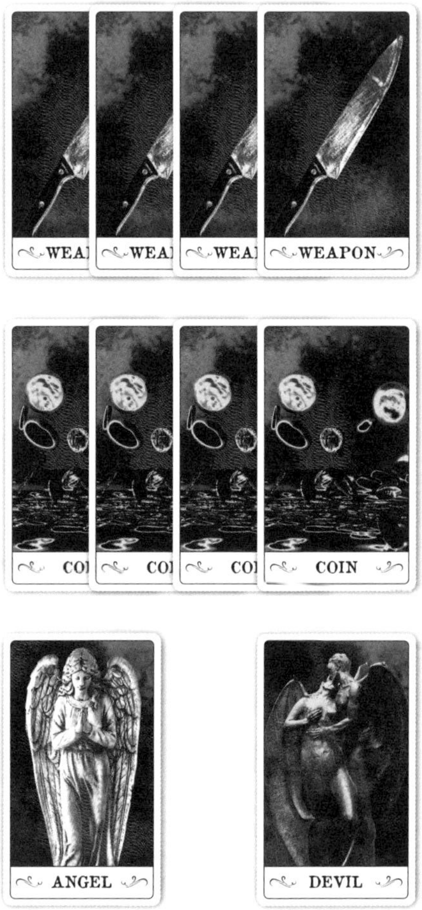

在場的女生都聽著綠修女的解說，同時，螢光幕也出現了遊戲的規則。

「特殊卡牌在投注之前使用，請放心，我知道妳們未必完全明白，我們會先來一次對戰示範。」綠修女說：「如果出牌相同當是和局，而妳們每贏出一局，可以得到五十萬，贏得最多金額的組別就是勝出初賽的組別，可進入決賽，最後在決賽勝出的組別，可以得到五百萬的獎金。」

「輸掉的人呢？」許靈霾非常在意這問題。

「輸掉的人會失去所有獎金，而進入決賽又勝出的人，可以選擇哪一組人……**離開宿舍**。」綠修女說：「即是說，輸了的那組人可能要跟大家說再見了。」

「你們會怎樣處置離開宿舍的人？妳不說清楚我是不會參加的！」余月晨生氣地說。

「妳還不知道自己的處境嗎？妳以為自己還有選擇？」綠修女奸笑：「妳忘記了馬鐵玲，還有妳好同事的下場嗎？」

「妳……」余月晨沒法說話。

「現在給妳們公平的遊戲，而且還可以得到更多的『津貼』，妳還想放棄嗎？」綠修女反問：「由現在開始的遊戲，已經不是請求妳們參加，而是……『命令』！」

九個女生也用一種不忿的眼神看著她。

「妳說是對戰，我們只有五組人，要怎樣對戰？」程嬅畫問。

「是六組。」綠修女高興地說：「因為……我也會參賽！」

《最可怕的對手，最了解你的感受。》

下半部2

「我會以對戰對手一樣的卡牌數目開始遊戲，當然，跟妳們一樣，我不會知道妳們手上有什麼牌，妳也不會知道我的牌是什麼。」

十五分鐘前，已經發了對戰分組的訊息給她們。

此時，螢光幕也出現了對戰的分組。

第一組　吳可戀、程嬅畫

VS

第五組　金慧希

第二組　許靈靄、趙靜香

VS

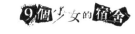

第四組　鈴木詩織、余月晨

第三組　蔡天瑜、黎奕希

VS

第六組　綠修女

「金慧希，因爲本屬妳組的黑修女已死，所以妳可以選擇一個人參賽，或是我們給妳另一個修女一同遊戲。」綠修女說。

「我一個人。」她回答。

「很好，我也是一個人作賽，而且會跟第三組一樣，擁有隨機的十六張普通牌，一張特殊牌。」綠修女說。

「我們對妳嗎？我怎知道妳有沒有做手腳？」黎奕希在質疑。

「這是一場非常公平的遊戲，我才不會作弊。」

「即是說，如果妳自己輸了，也會跟我們一樣……離開宿舍？」吳可戀問。

綠修女呆了一呆，因爲她從來也沒想過自己會輸。

「沒錯，就跟妳們一樣，哈哈！」綠修女笑說：「如果沒有問題，我們來進行一場模擬賽吧。」

遊戲室的地板，升起了三個用作對戰的裝置，兩邊有椅子，中間是一張圓桌，一共三張對戰桌。

「第三組，我們先來一場示範，請坐下來。」綠修女說。

蔡天瑜與黎奕希走到綠修女對面坐下來，在她們的前方出現了一個放牌的架子。

「因爲不能讓其他組知道妳手上擁有那些牌，所以我們現在採用預先準備好的卡牌作示範。」綠修女說：「就是三張『人類』、三張『病毒』、三張『疫苗』，還有一張特殊卡。」

桌上的發牌機快速發出了十張牌，各組十張。

「這個是什麼？」蔡天瑜指著遊戲圓桌上的一個電子分牌。」

「剛才我沒有解釋，因爲現在有這個分牌時，我才更容易說明。」綠修女說：「妳們首先會有一百萬的資金，然後在每一局出牌後投注，如果勝出了，可以得到翻倍的金額。好吧，我們來試一次，現在選出兩張牌。」

「這兩張？」蔡天瑜問黎奕希。

「好！」她們拿出了兩張牌。

綠修女也拿出了兩張牌：「現在，我們各自揭開一張。」

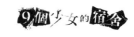

黎奕希揭開左面的那張，是「人類」，綠修女也揭開一張，是「病毒」。

「好了，現在可以下注。」綠修女說：「我下注二十萬。」

「我們呢？」蔡天瑜問。

「只是示範，就下注一百萬吧！」黎奕希說。

「好！」

在她們兩邊上方的顯示牌，出現了「20萬」與「100萬」。

「很好，在桌下方有兩個掣，妳們想留下左面的牌，就按下『左面』；想留下右面，就按下『右面』。」

她們左面打開的卡牌是「人類」，而右面蓋著的是「疫苗」。

「我們留下哪一張？」蔡天瑜在黎奕希的耳邊問。

「她的牌面是『病毒』，我們揭開的『人類』會輸給她，那我們就選擇留下『疫苗』吧，如果她選擇留下『病毒』，我們就贏了。」黎奕希分析著。

「好，就這樣決定！」

她們按下了右面的掣，因爲要等對方也一起按下了，才會有顯示，不然就會被發現自己選了那張。

綠修女也按下了掣，大約十秒後，桌上亮起了燈光。

第三組，右面蓋著的卡牌出現了燈光，而綠修女蓋著的牌也出現了燈光。

即是綠女放棄了打開「病毒」的卡牌，而第三組也放棄打開的「人類」。

她們兩個人有點錯愕，因爲……估計錯誤。

「現在，我們可以打開牌。」綠修女說。

《無論任何環境與時間，心理是最重要的一環。》

Chapter #11 - Second Half #3

下半部3

黎奕希慢慢地打開右面的牌，是「疫苗」。

「啊？看來妳們認爲我會選擇留下『病毒』的牌吧？」綠修女笑說：「這個看似普通的遊戲，其實是一場很有趣的『心理戰』，不過……」

綠修女打開了牌，是……「病毒」！她放出了兩張「病毒」！

「也許我也想多了，所以妳們贏了！哈！」

「非常好！我們贏了！」黎奕希高興地說。

雖然只是示範，不過，她們也非常高興。

現在，第三組的分牌上，變成了二百五十萬，而綠修女變成八十萬。

「用完的牌立即要掉入桌上的長形洞之中，這就代表了這兩張牌已經作廢。」綠修女把兩張病毒掉進去：「好，我們再來第二局。」

很快，她們又再次開始相同的步驟。

一、放出兩張卡牌，一張揭開、一張蓋著；

二、下注；

三、選擇留下那張牌；

四、揭牌；

五、棄牌。

第二局，綠修女放出的是揭開的「人類」與蓋著的「疫苗」，最後，她留下了「人類」，而第三組放出了「病毒」與「疫苗」，她們留下了「疫苗」。

第二局由綠修女的「人類」贏了她們的「疫苗」。

現在，兩隊人的牌：

綠修女　人類２病毒１疫苗２

第三組　人類２病毒２疫苗１

「最後示範第三局。」綠修女把一張反光的牌放在桌面的右方：「這次我出特殊牌『武器』，我可以從妳們手上搶奪一張卡牌。」

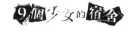

綠修女看著她們放在前方的卡牌，伸手抽了一張。

「啊？嘰嘰，這次我走運了。」綠修女高興地說。

她們兩個臉色一沉，因爲綠修女抽到的是她們的……「疫苗」。

唯一一張「疫苗」！

第三組的手上，只餘下「人類」與「病毒」兩種卡牌，即是說，綠修女只要出「病毒」就立在不敗之地。

因爲，「病毒」對「病毒」打和、「病毒」對「人類」綠修女贏出。

「好，我們放牌。」綠修女說。

蔡天瑜與黎奕希放出了一張揭開的「人類」、一張蓋著的「病毒」。

而綠修女放出一張揭開的「病毒」，還有……

「我把二百一十萬獎金全部押下去！」綠修女說。

蔡天瑜與黎奕希兩人看到對方揭開的是「病毒」，所以決定了……留下「病毒」，把「人類」放棄，如果是雙方也是「病毒」，也只不過是打和。

雙方已經決定了，已經可以揭牌。

「哈，妳們眞的太大意了。」綠修女說：「剛才未放牌之前，妳們其實也可以用特殊卡。」

「我們現在用！」黎奕希說。

「對不起，這是一場公平的遊戲，時間已經過了，現在已經不可以使用特殊卡！」

「那沒辦法了……」蔡天瑜說。

黎奕希揭開底牌，是「病毒」！

「哈！不錯！」綠修女拍手：「如果是『病毒』對『病毒』就會是打和吧？妳們是這樣想？」

她們兩個人也沒有回答她，一直看著她。

「可惜，我已經看穿了妳們的把戲！」

綠修女揭開留下的底牌……

是「疫苗」！

《人生的每一步，也像這五個步驟。》

下半部 4

綠修女只不過是利用打開的「人類」，讓她們兩個人走入了以爲「病毒」更安全的計劃之中！

然後，她用蓋著的「疫苗」把她們打敗！

二百一十萬翻倍，再加上贏了的五十萬，這一局，綠修女總共獲得了……四百七十萬！

綠修女已經勝出！

「好了，大家也知道病毒遊戲下半部的玩法了嗎？」綠修女說：「那我們在十分鐘後，正式開始遊戲！」

在場的女生紛紛在討論。

「靈霾，妳覺得如何？」趙靜香問。

她搖搖頭：「這絕對不是一個靠運氣的遊戲，只要走錯一步，會全軍覆沒。」

的確，如果只用「運氣」這兩個字來玩這卡牌遊戲，勝出的機會不出 10%。

另一邊，吳可戀與程嬅畫也在部署著。

「我們的對手是那個金慧希。」程嬅畫看著只坐在一邊的金慧希：「有什麼對策？」

「我只知道……一個人進行遊戲非常有利。」吳可戀說。

「爲什麼？」

「嬅畫，無論怎樣，這次的遊戲也由我來主導，可以嗎？」吳可戀問。

「當然可以！」程嬅畫：「我們不能輸！不能輸！」

「很好。」吳可戀也看著金慧希：「卡牌多的人，有非常非常大的優勢。」

爲什麼吳可戀會這樣說？

人多不是更有利？

卡牌多爲什麼會有大優勢？

很快……就會知道。

另外，第四組的鈴木詩織與余月晨也在討論著。

「妹妹，一會由我來對付靈霾她們。」余月晨說。

鈴木詩織沒有理會她，只是看著手上的卡牌。

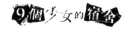

「喂！妳聽到嗎？」余月晨帶點生氣地說：「我說……」

鈴木詩織給她一個銳利的眼神，余月晨立即收起說話，她從來也沒見過純情的鈴木詩織露

出這樣的眼神。

「別要拖我後腳。」鈴木詩織認真地說。

然後她轉身走到遊戲的桌子檢查。

余月晨呆了一樣看著這個變得陌生的……「妹妹」。

……

…

.

很快，十分鐘的時間過去。

她們六組人已經坐到自己的位置，下半部的遊戲正式開始！

一號圓桌，第一組吳可戀與程嬅畫跟第五組的金慧希對戰。

二號圓桌，第二組許靈霾與趙靜香對著第四組鈴木詩織與余月晨。

三號圓桌，第三組蔡天瑜與黎奕希對戰第六組綠修女一人。

在天台的女神父的房間內。

她在看著直播畫面，黃修女就在女神父的身邊。

「現在的投注額如何？」女神父問。

「已經打破了以往的投注額，而且還在不斷上升。」黃修女說。

「現在大熱是哪一組？」

「是綠修女的第六組，是一賠三，另外，吳可戀與許靈霾兩組，是一賠七、一賠八。」黃修女說。

「今季入宿的女生，真的很吸金呢，嘿。」女神父淺笑。

然後她看著身邊的一本小說。

《APPER 人性遊戲》。

「多得他這本小說，我們才想到這種賺大錢的方法。」女神父說：「守珠，替我安排去見見這個作家。」

「知道女神父。」

此時畫面移向了趙靜香，本來低下頭的黃修女，看了畫面一眼。

「怎樣了？」敏感的女神父問。

「沒什麼，只是覺得第二組的勝算也不少。」黃修女立即回答。

然後，女神父看著手上的平板電腦。

「第二組跟第四組應該會勢均力敵。」女神父說：「我就看看妳的眼光如何，嘿！」

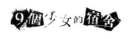

各組持有卡牌數目：

組別	人物	人類	病毒	疫苗	特殊卡牌
第一組	吳可戀、程嬅畫	4	6	9	死神、武器、金錢
第二組	許靈霾、趙靜香	3	8	4	金錢、金錢
第三組	蔡天瑜、黎奕希	5	3	8	武器
第四組	鈴木詩織、余月晨	8	5	4	武器、金錢
第五組	金慧希	10	8	5	聖神、武器
第六組	綠修女	5	5	6	武器

《沒有任何一件成功的事，只依靠幸運。》

Chapter #11 - Second Half #5

下半部5

二號圓桌。

第二組　許靈霾、趙靜香

VS

第四組　鈴木詩織、余月晨

第二組的許靈霾與趙靜香，擁有「人類」三張、「病毒」八張、「疫苗」四張，還有兩張「金錢」。

第四組的鈴木詩織與余月晨，擁有「人類」八張、「病毒」五張、「疫苗」四張，還有一張「金錢」、一張「武器」。

「請你們放下兩張卡牌，一張揭開、一張蓋著。」一位充當荷官的黑修女說。

許靈靈與趙靜香看著面前的十五張牌。

「我們先試驗一下。」許靈靈在趙靜香耳邊說：「還有，我們要盡力保持著三種牌的平均。」

「好，就聽妳的。」趙靜香說。

她們最多的是「病毒」卡，許靈靈把兩個病毒卡牌放出，一張揭開、一張蓋著。

而鈴木詩織與余月晨放出一張打開的「人類」與蓋著的「病毒」。

現在，打開的卡牌是第二組的「病毒」與第四組的「人類」，很明顯，許靈靈一組不是贏出就是打和，立於不敗之地。

「請下注。」黑修女說。

「二十萬。」許靈靈說。

「一萬。」鈴木詩織說。

她們二人對望了一眼。

「請選擇留下哪一張牌。」黑修女說。

「等等……」許靈靈看著分牌，突然想到了一些事。

「請問有什麼問題？」黑修女問。

「妳別要耍什麼花招！」余月晨說。

「我想到了……**必勝的方法**！」許靈靈在趙靜香的耳邊說：「不過要先贏這一局！」

趙靜香點頭，她從最初入住宿舍，已經知道許靈靈不會順口開河，她對靈靈非常有信心。

「沒什麼，可以繼續。」許靈靈說。

然後她按下蓋著的「病毒」卡，把它留下來。

同時，鈴木詩織一組留下打開的「人類」卡，她們沒想到，許靈靈會在第一局就放出了兩張「病毒」。

在桌上，鈴木詩織的「人類」卡亮起了燈，而許靈靈蓋著的「病毒」卡也同時亮起。

第二組的「病毒」卡贏了第四組的「人類」卡。

許靈靈與趙靜香笑了。

「對不起，我們先贏一局了！」趙靜香說。

「我們出的兩張也是……『病毒』！」許靈靈拿起卡牌自信地說。

輸掉了的鈴木詩織與余月晨臉色如灰。

「第一局結束，勝出的是第二組，妳們可以得到獎金五十萬，加上投注的二十萬翻倍成四十萬，一共七十萬。」黑修女說：「而第四組輸掉一萬。」

分數板上顯示，第二組總分的「170萬」與第四組的「99萬」。

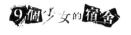

她們把用完的牌放入卡洞之中，動作有一點奇怪。

此時，許靈霾突然給趙靜香一個眼色，然後在她耳邊說了一些說話。

她們……她們好像做了什麼手腳！

鈴木詩織留意著她們！

「下一次我們會贏！」余月晨在爲自己打氣。

第一局，她們慶幸只是輸了一萬元，都是鈴木詩織想先試一下遊戲的「過程」。

「第二局開始。」黑修女說。

「等等。」許靈霾再次叫停。

「妳又想怎樣？」余月晨問。

「妳們還未發現嗎？」許靈霾說：「這遊戲的『規則』。」

鈴木詩織皺起了眉，也許，她已經想到了許靈霾所觀察到的「規則」。

「我們合作吧。」許靈霾說。

「什麼？合作？」余月晨不明白她的說話。

「妳還不明白？」許靈霾指著分數牌：「雖然遊戲是我們在玩，但我們卻不是……『對賭』。」

「不是對賭？什麼意思？」

「我們不是贏對方的錢，而是贏『莊家』的錢，即是宿舍的錢。」許靈霾看著鈴木詩織說。

許靈霾所說的，有什麼意思？

很簡單，她們是各自下注，各自贏錢又或是輸錢。贏到的錢，都不是在對方身上賺回來，而是由宿舍支付，而輸掉的錢，也不是由對方得到，而是給了宿舍，即是說……

她們根本不是在「對賭」，贏或輸的錢，都是由宿舍支出與沒收，她們只要互相合作，一人一局各自輸給對方，就可以……

不斷地賺錢！

「我明白了。」鈴木詩織微笑：「妳想怎樣合作？」

《別忘記，敵人的敵人就是朋友。》

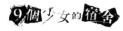

下半部6

許靈霾把用完的卡牌掉入桌上的卡洞之中，然後說。

「現在我們還有十三張牌，可以對戰六局，因爲贏錢輸錢也不是由我們支付，所以我們可以合作。由第二局開始，一組贏一局，直至之後的六局完成。當然，贏的一方可以大額下注，而輸的一方只需要下最少的注就可以。」許靈霾說。

「等等，我們要怎樣確定必贏跟必輸？」余月晨問。

「我們都說出會出的卡牌、會留下的卡牌分別是什麼，就可以了。」許靈霾看著黑修女：「她們沒有阻止，應該是允許溝通的吧？」

黑修女點頭：「我們不能阻止妳們對話。」

「我明白妳的計劃，不過，就算我們都賺大錢也好，最後總有一方輸掉，輸掉的就有機會被趕出宿舍。」鈴木詩織說。

「她們不是已經說了嗎？最後在決賽贏出的人，可以選擇哪一組人留下，哪一組人離開宿舍。」許靈霾指著她們：「我們絕不會選擇妳們離開。」

「妳怎知道妳們可以得到最後勝利？」余月晨反問。

「我有信心，而且我願意把最後在這卡牌遊戲贏到的錢，分一半給妳們。」許靈霾說：「當然，妳們也可以跟我在這裡對戰，看看是誰先輸掉！妹妹，妳衡量一下，跟我死鬥，還是合作，然後賺更多的獎金！」

「我覺得別要相信她。」余月晨在鈴木詩織耳邊說。

鈴木詩織冷冷地看著她：「如果要說，我相信她比妳更多。」

「妳……」余月晨正想反駁之時，鈴木詩織靠近余月晨的耳朵，用手掩著嘴巴細聲說話，沒人聽到她在說什麼。

余月晨的憤怒轉成了高興，她臉上出現了笑容。

另一邊，趙靜香也跟許靈霾說話。

「這樣可以嗎？」趙靜香說。

「放心，如果以『利益』來衡量，毫無反對的理由。」許靈霾說。

「不，我意思是她們值得相信？」趙靜香問。

「這是第一步計劃，之後會有第二步。」

「第二步是什麼？」

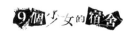

「見步行步。」

又是這四個字，趙靜香聽到後不知道是好嬲還是好笑。

「好吧，我相信妳！」趙靜香說。

許靈霾點頭，然後看著她們說：「決定了嗎？」

「好，依照妳的說法去做吧。」鈴木詩織說：「不過，這一局我們要先贏。」

「當然沒問題，就當是我們作出的承諾。」許靈霾說。

趙靜香從十三張牌中抽出了兩張放在桌上，打開的是「疫苗」，蓋著的是「病毒」。

「我們放出『疫苗』跟『病毒』，會留下打開的『疫苗』。」許靈霾說。

鈴木詩織也抽出兩張「人類」放在桌上，然後說：「我們兩張都是『人類』。」

「請下注。」黑修女說。

「十元。」趙靜香說。

「抱歉，最少下注一萬。」

「對不起，那就一萬吧。」趙靜香吐吐舌頭。

「妳們呢？」黑修女看著鈴木詩織。

「五十萬。」余月晨說。

許靈霾心中一笑，明明已經說好了一起合作，她們應該下注全部九十九萬才對，現在卻只是下注一半，證明鈴木詩織與余月晨還未完全相信她們。

「下注已經完成，請大家選擇留下的牌。」黑修女說。

然後她們都按下了桌底的按鈕，很快就揭牌。

沒有說謊，許靈霾的確選擇了打開的「疫苗」，而鈴木詩織也選擇了「人類」。

「YEAH！」余月晨高興地大叫。

「這一局，由第四組勝出，可以得到五十萬獎金，還有下注的五十萬翻倍變成一百萬。」

黑修女說：「第二組輸掉一萬。」

分牌上，出現了兩組人現在所得的金額。

第二組　許靈霾、趙靜香　$1,690,000

第四組　鈴木詩織、余月晨　$1,990,000

「很順利。」許靈霾說：「我們就一起贏下去吧。」

「的確是。」鈴木詩織給了她一個單純的微笑。

眞的……

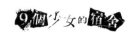

那麼順利嗎？

第二局後，兩組人餘下卡牌數目：

組別	人物	人類	病毒	疫苗	特殊卡牌	金額（萬）
第二組	**許靈霾、趙靜香**	3	5	3	金錢、金錢	**169**
第四組	**鈴木詩織、余月晨**	5	4	4	武器、金錢	**199**

《互相猜度的心理，最怕你只是在自欺。》

Chapter #11 - Second Half #7

下半部7

女神父的房間內。

黃修女剛才去了聯絡那個作家，現在回來房間跟女神父一起看直播。

「妳遲了回來。」女神父說。

黃修女看著直播畫面：「一號圓桌發生了什麼事？」

「我從未見過這樣進行遊戲，一開始已經精彩萬分，比妳當年參加時更有趣。」

得到女神父如此高的評價，黃修女也很在意。

黃修女再看著平板電腦：「投注額……一號圓桌的外圍投注額不斷上升！發……發生了什麼事？」

女神父用一個非常邪惡的微笑看著螢光幕：「我完全猜不到她們會是『這樣開始』，之後，一定會變得非常非常有趣！」

……

……

回到五分鐘之前。

一號圓桌。

第一組　吳可戀、程嬅畫

VS

第五組　金慧希

另外兩張圓桌的比賽已經一早開始，不過一號圓桌卻還沒有正式開始。

「如果已經了解遊戲，請放出兩張卡牌，一張揭開、一張蓋著。」黑修女說。

「等等。」吳可戀用手掩著嘴巴，在程嬅畫的耳邊說：「剛才我說一個人會比兩個人更有優勢，妳明白我的意思？」

「不明白。」程嬅畫說。

「情緒、臉部表情、身體語言等等，都是遊戲的關鍵。所以，妳不能出現太多的表情，知道嗎？」吳可戀說。

程嬅畫沒有說話，只是看著她。

「還有……」

吳可戀跟程嬅畫說出了什麼。

「我明白了。」程嬅畫點頭。

「妳們要聊到天光嗎？」金慧希暗諷她們。

「可以了，遊戲可以開始。」吳可戀微笑。

「請放出兩張卡……」

就在黑修女再次說出這句時，吳可戀搶著說。

「**我使用『死神』卡**。」吳可戀微笑說。

「什……什麼？」這位黑修女已經不是第一次做遊戲荷官的工作，也被吳可戀的說話嚇到。

不只是她，在看直播的人，包括了女神父也被嚇到，因爲……

從來也沒有人一開始就用這張**獨一無二的卡牌**！

「就是用『死神』卡，聽不懂嗎？」吳可戀重複說。

死神卡的用法是「可打開對方全部卡牌而搶奪普通卡牌一張」，吳可戀一開始就要使用！

黑修女說出了「死神」卡的用法後，金慧希只能乖乖地打開手上的卡牌。

十張「人類」、八張「病毒」、五張「疫苗」，還有兩張特殊卡，「聖神」與「武器」，一共二十五張卡牌，一目了然。

卡牌多，來到遊戲最後會有非常大的優勢，現在，只有二十一張牌的吳可戀組，把整個優勢打破！

知道了對方的牌就等於可以「計算」三種卡牌的出現數目，就如賭場一樣，不能讓賭客計算撲克牌的出現數目，因爲這樣，賭客就有很大的「優勢」。

從來也沒有一間賭場會讓賭客有「優勢」。

可惜，吳可戀……算漏了一點。

她看到金慧希的卡牌搖頭苦笑了。

「請問妳要搶奪那一張普通卡牌？」黑修女說。

「就『人類』吧，也沒所謂了。」吳可戀看著金慧希：「因爲，已經**不重要**了。」

黑修女把一張「人類」的卡牌交給了吳可戀，遊戲繼續。

「請金慧希收起桌上打開的卡牌，遊戲正式開始。」黑修女說。

「等等。」金慧希說。

遊戲還沒有正式開始。

因爲，吳可戀說的「沒所謂」與「不重要」，立即發生了。

「我要……」金慧希笑說：「**使用『聖神』卡。**」

在多次的病毒遊戲中，從來也沒有發生過的情況……

終於第一次發生。

《在世界上，每個人都有一個對手，他可以是敵人，亦可以是朋友。》

Chapter #11 - Second Half #8

下半部 8

『聖神』卡的用法是「可跟對方交換一樣數目的全部普通卡牌」。

吳可戀沒想到，金慧希手上竟然有「聖神」卡，她算漏了這一點，她本來贏回來的「優勢」，一下子再次被奪去。

因爲，即是說……

「本來只有吳可戀知道金慧希的卡牌，現在，金慧希也可以知道吳可戀她們擁有什麼卡牌」。

大家也可以「計算」對手擁有什麼卡牌！

金慧希留下了兩張「人類」的卡牌，因爲她知道交換回來的「疫苗」有九張，而「人類」可以贏「疫苗」，所以她盡量想擁有更多的「人類」。

現在交換了卡牌後，現在兩組人的卡牌數目：

組別	人物	人類	病毒	疫苗	特殊卡牌
第一組	吳可戀、程嬅畫	7	8	5	武器、金錢
第五組	金慧希	7	6	9	武器

「我們大家都知道對方手上有什麼卡牌了。」吳可戀自信地說：「遊戲正式開始吧。」

「很好，我也急不及待。」金慧希猙獰的樣子再次出現。

兩組人各放出了兩張卡牌，吳可戀的第一組，打開的是「病毒」，而金慧希放出打開的是「疫苗」。

「請下注。」黑修女說。

「先用十萬試試。」吳可戀說。

「一萬。」金慧希說。

「妳怕嗎？只下注一萬？」程嬅畫說。

金慧希沒有回答她，只是給她一個微笑。

「請選擇留下的卡牌。」黑修女說。

她們各自按下在桌下的按鈕，當兩組人也按下了，桌上的卡牌在十秒後就出現了亮燈。吳可戀選擇留下的是蓋著的那張卡牌，而金慧希選擇留下打開的「疫苗」。

「請第一組揭開牌。」黑修女說。

「對不起了，我們先贏一局！」

程嬅畫打開了蓋著的牌，是……「人類」！

「第一組總金額現在是一百六十萬，而第五組是九十九萬。」黑修女說。

「有好的開始。」程嬅畫跟吳可戀說。

「嗯。」吳可戀沒有多說話，她在觀察著。

她們把用完的卡牌掉在卡洞之中。

第二局開始。

吳可戀放出了一張打開的「人類」，金慧希同樣放出一張打開的「人類」。

「請下注。」

「二十萬。」吳可戀說。

「一萬。」金慧希說。

下注後，雙方很快已經選擇了留下的卡牌。

同樣的，金慧希選擇留下打開的「人類」卡，而吳可戀又是選擇了蓋著的卡牌。

「請第一組揭開牌。」黑修女說。

程嬅畫把蓋著的卡牌打開，也是「人類」。

「現在是『人類』對『人類』，所以是打和，雙方也不會獲得與損失金錢。」黑修女說。

用完的卡牌再次掉入卡洞中。

第三局再次開始。

第一組放下打開的「病毒」，第五組也是放下打開的「病毒」。

第一組下注二十萬，第五組下注一萬。

金慧希連續三局都只下注一萬，爲什麼她要這樣做？有什麼原因？

下注完成，第一組留下的是蓋著的卡牌，她們打開是「疫苗」，而第五組留下的又是打開的那張牌「病毒」，第一組在第三局再次勝出。

現在兩組人得到的金額已經被拉開，第一組有二百三十萬的金額，而第五組只有九十八萬。

此時，吳可戀終於看出了金慧希的「詭計」！

「怪不得妳連續三局都只下注一萬。」吳可戀說：「我明白了。」

「不錯，妳在第三局已經看出來了。」金慧希讚賞她。

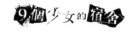

「妳發現了什麼？」程嬅畫在她的耳邊問。

「她在……」吳可戀認真地說：「**隱藏自己的卡牌**。」

第一圓桌，第三局後，兩組人的卡牌數目：

組別	人物	人類	病毒	疫苗	特殊卡牌	金額（萬）
第一組	**吳可戀、程嬅畫**	4	6	4	武器、金錢	**230**
第五組	**金慧希**	?	?	?	武器	**98**

《你可知道別人的心底，埋葬了幾多詭計？》

下半部9

Chapter #11 - Second Half #9

「隱藏卡牌」？

金慧希什麼也沒做過，她又如何隱藏卡牌？

不，她就像一個隱藏身份的「臥底」一樣，在別人不知情之下把自己的身份掩飾著！

她把自己的卡牌「隱藏」起來！

金慧希是怎樣做到？

很簡單，在每一局最後，會把用完的兩張牌「作廢」，沒打開過的卡牌也「不會被打開」而放入卡洞之中。

剛才三局，金慧希也選擇了留下打開的那張牌，即是說，她蓋著的那張牌，除了她自己，根本沒人知道是什麼！

本來雙方都知道對方擁有什麼牌時，可以「計算」出對方手上有什麼牌，現在，吳可戀已經沒法知道金慧希手上的三種卡牌的正確數目。

還好，吳可戀在第三局已經發現，不然，再遲發現就會墮入萬劫不復之地。

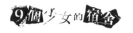

「這個叫金慧希的女生……絕不簡單。」

吳可戀看著那張陰森的臉說。

……

…

．

三號圓桌。

第三組　蔡天瑜、黎奕希

VS

第六組　綠修女

這邊的遊戲進行得非常順利，因爲情況完全……一、面、倒！

一開始，因爲第六組的綠修女沒有任何的卡牌，所以她可以抽出跟第三組相同的卡牌數目作爲遊戲之用。

幸運地，她抽到了比較平衡「五、五、六」的卡牌數目，還有一張「武器」卡。

遊戲初始時，兩組人卡牌數目：

組別	人物	人類	病毒	疫苗	特殊卡牌
第三組	蔡天瑜、黎奕希	5	3	8	武器
第六組	綠修女	5	5	6	武器

因爲她們兩組都只有十六張卡牌，只能進行八局的遊戲。

「第一局」

第三組出牌「人類」與「疫苗」

第六組出牌「人類」與「病毒」

第三組留下「人類」、第六組留下「病毒」

第六組勝第三組

第三組投注十萬，輸掉十萬，總金額九十萬。

第六組投注二十萬，贏了二十萬，加上五十萬獎金，總金額一百七十萬。

「第二局」

第三組出牌「病毒」與「疫苗」

第六組出牌「病毒」與「疫苗」

第三組留下「疫苗」、第六組留下「疫苗」

兩組「疫苗」打和，金額沒有改變。

「第三局」

第三組出牌「人類」與「病毒」

第六組出牌「人類」與「疫苗」

第三組留下「病毒」、第六組留下「疫苗」

第六組勝第三組

第三組投注十萬，輸掉十萬，總金額八十萬。

第六組投注二十萬，贏了二十萬，加上五十萬獎金，總金額二百四十萬。

「第四局」

第三組出牌「人類」與「疫苗」

第六組出牌「病毒」與「疫苗」

第三組留下「人類」、第六組留下「病毒」

第六組勝第三組

第三組投注十萬，輸掉十萬，總金額七十萬。

第六組投注三十萬，贏了三十萬，加上五十萬獎金，總金額三百二十萬。

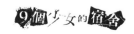

「第五局」

第三組出牌「人類」與「疫苗」

第六組出牌「人類」與「疫苗」

第三組留下「人類」、第六組留下「人類」

兩組「人類」打和，金額沒有改變。

「第六局」

第三組出牌「人類」與「疫苗」

第六組出牌「人類」與「病毒」

第三組留下「人類」、第六組留下「人類」

兩組「人類」打和，金額沒有改變。

六局以後，兩組人的卡牌數目與金額：

組別	人物	人類	病毒	疫苗	特殊卡牌	金額（萬）
第三組	蔡天瑜、黎奕希	0	1	3	武器	70
第六組	綠修女	1	1	2	武器	320

現在已經來到第七局。

「現在只餘下兩局，如果妳們要贏，這一局至少投注二十萬才有機會。」綠修女說。

她的確沒有說錯，因爲如果她們可以在這一局用二十萬而勝出，就會得到二十加五十萬，一共七十萬的獎金，加上她們原本的七十萬，就有一百四十萬。

而在最後一局，如果蔡天瑜與黎奕希把一百四十萬全押下而勝出，就會得到一百九十萬的獎金，總獎金就會是三百三十萬，剛剛好比綠修女多。

對「遊戲」都不擅長的蔡天瑜與黎奕希，也許沒有想得這麼長遠，反而，綠修女已經替她們想好了。就如最初所說，這遊戲根本就不能只用「運氣」來玩，是要用腦去「計算」。

綠修女一直在計算，現在就如她寫的「劇本」一樣進行。

《沒有不勞而獲，付出才有收獲。》

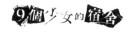

下半部10

Chapter #11 - Second Half #10

三號圓桌，第七局開始。

「我們不能再輸了！」蔡天瑜在黎奕希耳邊說。

「媽的！我當然知道！」黎奕希看著最後餘下的一張「病毒」與三張「疫苗」。

「正式遊戲後，我們連一局也沒贏過，妳有沒有覺得很奇怪？」蔡天瑜說。

「妳覺得……她在出千？」黎奕希看著綠修女。

「怎樣了？用這個眼神看著我？」綠修女自信地說：「妳覺得我有做手腳嗎？我可以非常肯定跟妳說，我沒有出千。妳們也知道我們有場外投注吧？他們絕不會容許我這樣做。嘰嘰，妳們又不想一想，其實是妳們自己出牌的問題嗎？」

「我們……出牌的問題？」蔡天瑜不明白。

「有些身體語言與表情，一早出賣了妳們！」綠修女笑說。

她們二人也說不出話來，蔡天瑜與黎奕希根本不擅長玩這種鬥智的遊戲。

「別要被她影響！要有氣勢！我們就從這一局把所有劣勢扭轉過來！」黎奕希在鼓勵蔡天瑜。

「好！」

黎奕希在四張牌中，拿出了兩張放在桌上。她們已經把「人類」卡用完，只餘下「病毒」與「疫苗」選擇。

她們放出來揭開的牌，是一張「疫苗」，而綠修女放出揭開的牌也是「疫苗」。

「我們……我們投注二十萬！」黎奕希說。

「那我也投注二十萬吧。」綠修女說。

「請選擇留下的卡牌。」黑修女說。

「我會選擇沒翻開的牌。」綠修女說。

「媽的！妳別要影響我們！」黎奕希說。

「對！我們不會被妳影響！」蔡天瑜點頭。

她們兩人一起按下按鈕，留下沒揭開的卡牌。

「雙方也選好了，都是留下沒揭開的牌，現在請妳們揭開。」黑修女說。

「來決一勝負吧！」

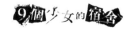

綠修女跟黎奕希一同拿起手上的卡牌，同時放下！

第七局，黎奕希她們放出了兩張「疫苗」，所以底牌也是「疫苗」！

而綠修女的牌是……

「病毒」！！！

從來沒在正式遊戲贏過的二人，也不相信自己的眼睛，呆了一樣看著「病毒」那張卡牌。

「贏了嗎？」蔡天瑜問。

「對，第三組妳們勝出！」黑修女說。

金額顯示牌的數字立即更新：

組別	人物	人類	病毒	疫苗	特殊卡牌	金額（萬）
第三組	蔡天瑜、黎奕希	0	1	1	武器	140
第六組	綠修女	1	0	1	武器	300

Pharmaceutical Sjukdom
00 — XX IVO
Fentanyl Transdermal

現在她們的獎金，由七十萬，上升到一百四十萬！

「還是要玩到最後一局嗎？」綠修女不滿地搖搖頭。

「去妳的！」黎奕希充滿氣勢地站了起來：「別以爲這樣就可以贏我們！最後我們要反敗爲勝！」

「很有氣勢呢。」綠修女依然充滿自信：「好，我們就在最後一局決一勝負！」

她們兩邊都只餘下兩張牌，機會也是一半一半；不同的是，第三組她們二人，一定要把金錢全押下才可以反勝。

「第八局，現在開始。」

「好吧，我想讓遊戲變得更刺激，所以我決定了……」綠修女笑說：「使用『武器』特殊卡牌！」

「什麼？！」

「妳們不是也有一張特殊卡嗎？」綠修女說：「一起用上它吧！」

《世界上，根本沒有賭神，也沒有賭聖，只有輸身家的賭徒。》

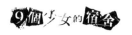

Chapter #11 - Second Half #11

下半部 11

「武器」卡的使用方法是「搶奪別人手上一張卡牌」。

「先說明，如果手上不足兩張卡牌，不能繼續遊戲。」黑修女說：「如果……」

「我們也有！」黎奕希把「武器」卡也同樣打出來。

「這樣就沒問題了。」黑修女說。

現在的情況，綠修女使用「武器」卡，黎奕希她們也不能不使用，因爲她們如果被搶去一張卡牌，因爲卡牌不足，不會進行最後一局遊戲，她們立卽會輸掉。

黎奕希手上拿著的是「病毒」與「疫苗」。

綠修女先抽牌。

「就這一張吧！」

綠修女抽到了她們的「病毒」！

「啊？原來妳們有這一張。」綠修女笑說。

現在綠修女手上三種卡牌也擁有，她洗好手上三張卡牌後，再放出來。

「到妳們了。」她說。

蔡天瑜伸手抽出其中一張。

氣氛變得非常緊張，現在抽出的情況有「三個」。

一、她們抽回自己那張「病毒」，等於讓綠修女知道她們其中一張牌是什麼，她們只能揭開「病毒」放在桌上。

二、她們抽到綠修女的「人類」，大家也知道對方的一張牌，一定要打開被抽到的那張牌。

三、她們抽到綠修女的「疫苗」，她們手上就會有兩張「疫苗」，最後看綠修女選擇留下的牌來決定勝負，而且不會出現打和。

看情況，最差的是「情況一」，因爲會被發現了自己其中一張卡牌。

「妳的手在震啊。」綠修女說。

「妳多事！」蔡天瑜拿走了綠修女其中一張卡牌。

她們打開來看是……「疫苗」！她們手上拿著兩張「疫苗」！

「啊？妳們拿了這張？」綠修女說：「來吧，最後的對戰！」

然後她們各自放出了卡牌。

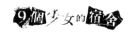

當然，綠修女揭開的牌是「病毒」，蓋著的是「人類」，而黎奕希她們打開的是「疫苗」，蓋著的也是「疫苗」。

「請雙方下注。」黑修女說。

「一百四十萬！全部押下去！」黎奕希大聲說。

「很有氣勢呢？那我也全押下去吧。」綠修女說。

「現在請妳們選擇留下的卡牌。」

「留下那張比較好呢？」綠修女在猶豫著。

相反地，黎奕希她們已經很快作出了決定，因爲兩張也是「疫苗」，她們別無他選。

現在，如果綠修女選擇留下打開的「病毒」就會輸，選擇蓋著的「人類」就會贏。

綠修女看著她們放在桌上的卡牌，然後……

瘋狂大笑！

「哈哈哈哈哈！！！」

笑聲甚至傳到其他兩張圓桌那邊，其他人也一起看了過來。

「去妳的！妳在笑什麼？！」黎奕希生氣地說。

「笑妳是……白痴！」綠修女已經按下了選擇。

「兩組人也選擇好了……」黑修女說。

黎奕希瞪大眼睛看著她。

「我留下的是……」黑修女揭開蓋著那張牌。

「**人類！**」

《有時，有些關係就算你已看穿，也別要說穿。》

Chapter #11 - Second Half #12

下半部12

「怎……怎會這樣……」黎奕希呆了一樣看著那張「人類」牌。

「請打開妳們手上的牌。」黑修女說。

蔡天瑜把卡牌打開，沒有任何懸念，是一張「疫苗」牌。

「三號圓桌下半部遊戲結束，勝出的是……第六組綠修女！」黑修女高興地說。

黎奕希與蔡天瑜所得的金額全部歸零，而綠修女的金額上升到……六百五十萬！

「妳們有兩張『疫苗』，本來我贏出的機率的確是五十五十，不過，妳們太白痴了！」綠修女囂張地說。

「妳怎知道我們是兩張『疫苗』？！」黎奕希問。

綠修女指指她們那張「疫苗」牌：「妳自己看看，嘰！」

黎奕希把兩張「疫苗」拿上手看。

背面完全沒有分別，也沒有「記號」。

「白痴！不是背面！」綠修女說：「眞不明白妳們是如何在這社會上生存，唉。」

本來兩張都是「疫苗」，沒有任何分別，但就是因爲「沒有任何分別」，她們覺得打開那一張牌也沒有問題，這……正中了綠修女的奸計！

本來是綠修女的那張「疫苗」卡上，那個疫苗的圖案中有一處很細的位置，被綠修女刮了一下，留下了痕跡！

而她們兩個人完全沒有留意，以爲兩張「疫苗」都是一樣！她們把有痕跡的那張牌蓋著，打開了本來自己擁有的「疫苗」！

綠修女看到被打開的「疫苗」沒有痕跡，不是自己那一張，她就知道蓋著那張才是自己的「疫苗」卡，同樣，她也知道……

「**她們只有兩張『疫苗』卡牌**」！

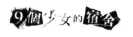

黎奕希發現了卡牌上痕跡，大叫：「妳出千！要被取消資格！」

「遊戲已經宣佈完結，怎樣取消資格？更何況我也不是有心的，只是卡牌的油漆掉落而已，這又怎叫出千？」

綠修女站了起來：「老實說，跟妳們玩眞的很無聊，本來我可以一早打敗妳們。好了，我去看看其他兩場遊戲。」

她說得一點也沒錯，綠修女一早已經看穿了她們兩人，其實在之前的對局中，她可以押下

大注，不過，她就是想讓遊戲更加刺激，才會跟她們玩到最後一局。

「啊？看來那邊也快有結果了！」

綠修女看著二號圓桌。

第二組許靈霾與趙靜香跟第四組鈴木詩織與余月晨的遊戲。

……

：

．

二號圓桌。

許靈霾、趙靜香跟鈴木詩織、余月晨達成了合作的「協議」，她們在餘下的遊戲一組贏一局。

她們的遊戲，又會發展得這麼順利嗎？

《有些人，只是遊戲的棋子，不過，有些人，連棋子也不如。》

最後勝利

Chapter #12

Victory

Chapter #12 - Victory #1

最後勝利1

二號圓桌。

第二局之後，二號圓桌兩組人餘下卡牌數目：

組別	人物	人類	病毒	疫苗	特殊卡牌	金額(萬)
第二組	許靈霾、趙靜香	3	5	3	金錢、金錢	169
第四組	鈴木詩織、余月晨	5	4	4	武器、金錢	199

「第三局」

第二組出牌「病毒」與「病毒」

第四組出牌「病毒」與「人類」

第二組下注一百萬

第四組下注一萬

協定由許靈靏組贏出

第二組「病毒」　勝　第四組「人類」

總金額

第二組勝出，總金額變成三百一十九萬

第四組輸掉，總金額變成一百九十八萬

「第四局」

第二組出牌「人類」與「病毒」

第四組出牌「人類」與「疫苗」

第二組下注一萬

第四組下注一百萬

協定由鈴木詩織組贏出

第四組「疫苗」　勝　第二組「病毒」

總金額

第二組輸掉，總金額變成三百一十八萬

第四組勝出，總金額變成三百四十八萬

「第五局」

第二組出牌「病毒」與「疫苗」

第四組出牌「病毒」與「疫苗」

第二組下注三百萬

第四組下注一萬

協定由許靈霾組贏出

第二組「疫苗」　勝　第四組「病毒」

總金額

第二組勝出，總金額變成五百六十八萬
第四組輸掉，總金額變成三百四十七萬

「第六局」

第二組出牌「人類」與「疫苗」
第四組出牌「人類」與「疫苗」
第二組下注一萬
第四組下注二百萬
協定由鈴木詩織組贏出
第四組「人類」　勝　第二組「疫苗」
總金額
第二組輸掉，總金額變成五百六十七萬
第四組勝出，總金額變成五百九十七萬

六局過去，現在兩組人餘下的卡牌與金額：

組別	人物	人類	病毒	疫苗	特殊卡牌	金額（萬）
第二組	**許靈霾、趙靜香**	1	1	1	金錢、金錢	**567**
第四組	**鈴木詩織、余月晨**	2	2	1	武器、金錢	**597**

最後一局。

「別忘記，要分一半的獎金給我們，而且如果在最後贏出，別要把我們趕出宿舍。」鈴木詩織說。

「當然，我們贏了這一局後，會兌現承諾。」許靈霾說。

「請雙方放出兩張牌。」黑修女說。

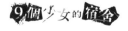

「我就出『疫苗』與『人類』吧。」許靈霾說：「留下『疫苗』卡。」

「那我會放出『病毒』與『疫苗』。」鈴木詩織說：「留下『病毒』卡。」

鈴木詩織把『病毒』打開，另一張蓋著，而許靈霾把『疫苗』打開，把『人類』蓋著，現

在，只要大家也選擇打開的牌，鈴木詩織她們選「病毒」，許靈霾她們選「疫苗」，遊戲結束，第二組晉級。

「現在，請下注。」黑修女說。

「等等。」許靈霾叫停了遊戲。

「妳想做什麼？」余月晨問。

「因爲這局非常重要，所以我想買一個保險。」許靈霾問黑修女：「請問我們現在可以用特殊卡牌嗎？」

「在下注之前也可以。」黑修女說。

「很好。」許靈霾看著鈴木詩織：「現在我要用『金錢』卡交換……**妳那張蓋著的卡牌！**」

「爲什麼妳要這樣做？」余月晨說：「別要浪費時間了！投注、選牌，然後就結束，不就好了嗎？」

「老實說，直至現在，我們還未完全相信妳們。」趙靜香認真地說：「同樣的，妳們也不完全相信我們吧？」

的確，如果她們雙方是完全相信對方，就不會在上幾局投注一百、二百萬，而是直接All in，她們沒有這樣做，是爲了留下金錢，如果被對方背叛，也還有後著。

許靈霾把自己蓋著的「人類」卡，跟她們交換，余月晨不情不願地把卡遞給她。

趙靜香打開她們那張卡牌，應該就是「疫苗」！

不……

那張蓋著的卡牌，不是「疫苗」，而是……

「人類」！

即是說，第四組只需要留下蓋著的「人類」卡牌，就可以贏第二組留下的「疫苗」！

「請問……妳們可以解釋一下嗎？」趙靜香問。

「不用她們解釋了。」許靈霾用一個邪惡的神情看著她們：「她們要跟我們一直合作，贏到最盡之後……

背叛我們！」

《最不可以相信的，就是那些一直在做戲的人。》

最後勝利 2

「不是這樣，我們只是放錯了！」余月晨說。

「兩個人一起看，也放錯？」趙靜香說：「妳眞的當我們傻的嗎？」

「現在我們……決一勝負吧！」鈴木詩織沒有再解釋。

「正有此意！」許靈霾說。

「我要用『武器』卡。」鈴木詩織說。

她要把許靈霾手上三張牌變成兩張！因爲許靈霾手上其中兩張卡牌，她已經知道是「人類」與「疫苗」，如果被她搶到第三張卡牌的話，她就知道許靈霾手上全部卡牌是什麼！

鈴木詩織快速從放卡牌的架上搶了左面那一張，卡牌是……「人類」。

趙靜香鬆了口氣，幸運地，鈴木詩織沒有搶到第三張「病毒」卡牌。

組別	人物	人類	病毒	疫苗	特殊卡牌	金額（萬）
第二組	許靈霾、趙靜香	0	1	1	金錢	567
第四組	鈴木詩織、余月晨	3	2	1	金錢	597

「現在妳只餘下兩張卡了。」鈴木詩織說。

鈴木詩織知道其中一張是「疫苗」，而另一張她還不知道是「病毒」，不過……她要知道許靈霾手上全部卡牌內容的機會還有第二次！

「我再使用『金錢』卡！」鈴木詩織說。

許靈霾與趙靜香都皺起了眉頭。

鈴木詩織拿出一張「疫苗」卡跟她們交換，如果她成功交換了她們手上的「病毒」卡，這代表了……「第二組手上就只有『兩張疫苗』！」

「兩張疫苗」代表了，許靈霾與趙靜香……必敗！

趙靜香拿起了兩張卡牌在洗，然後讓鈴木詩織抽。

鈴木詩織看著趙靜香的眼神，她伸手到左面的牌，然後而移向了右面的牌，此時，趙靜香的眼神閃縮了一下。

「是這張了！」鈴木詩織一手把卡牌抽出來。

卡牌是……「病毒」！！！

現在許靈靈她們手上只餘下兩張「疫苗」卡！

組別	人物	人類	病毒	疫苗	特殊卡牌	金額（萬）
第二組	許靈靈、趙靜香	0	0	2	金錢	567
第四組	鈴木詩織、余月晨	3	3	0	/	597

「看來，已經沒必要再玩下去了。」鈴木詩織說：「妳們已經……必敗了！」

趙靜香把手上的兩張卡再次收起洗好，然後把其中一張「疫苗」打開放在桌上，另一張蓋著。

「哈哈哈！妳們還要玩下去嗎？」余月晨大笑：「好！就跟妳們玩最後一局！」

然後，她把兩張「人類」放出來，一張打開，一張蓋著。

「請雙方下注。」黑修女說。

「五百六十七萬。」許靈霾目無表情地說。

「什麼？！」

她……竟然把全部錢押在必敗的賭局上！

「白痴！她們一定要輸到瘋了！」余月晨大笑：「我們也把全部……」

「等等……」鈴木詩織用力地捉著她的手臂。

「怎樣了？」

鈴木詩織看到許靈霾桌上餘下的卡牌，一個非常嚴重的「問題」……

她們還有一張特殊卡牌！

如果那張卡牌是「武器」，許靈霾可以用來搶回自己一張卡牌，如果那張卡牌是「金錢」，許靈霾她們還有機會換回一張不是「疫苗」的卡牌，讓手上有兩個選擇，不像現在一樣，她們放出兩張「疫苗」必敗。如果那張特殊卡牌是「死神」與「聖神」更加不用說了。

現在問題就在……

「許靈霾與趙靜香爲什麼不使用這張特殊卡牌」？

鈴木詩織看著她們二人，她們的臉上出現了一個堅定的眼神！

明明必敗的遊戲，究竟……
她們何來如此堅定？！

《詭計。誰勝誰敗，也在於是誰中了別人設下的「鬼計」。》

最後勝利 3

Chapter #12 - Victory #3

「詩織，怎樣了？她們只是虛張聲勢！別要怕她們！」余月晨說。

鈴木詩織看著她們蓋著的那張卡牌。

明明就一定是「疫苗」，她們必定輸給自己手上的「人類」卡，爲什麼她們會把金錢全部押下，而且這麼堅定？

不可能的！

一定有原因！

她的汗水不禁流下。

「請第四組下注。」黑修女再次提醒。

「詩織！我們也把全部錢押下吧！」余月晨說。

現在鈴木詩織手上，有三張「人類」與三張「病毒」，只要出「人類」就可以打敗她們的「疫苗」，還需要想這麼多嗎？

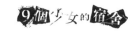

「不可能的……她們不可能這麼堅決的……一定有問題！」鈴木詩織心中想。

她在猶豫。

她覺得許靈霾她們一定出了什麼「詭計」！

「現在她們堅定地把錢全押下去……代表了有必勝的信心……」鈴木詩織繼續在腦海中分析著：「不可能啊！除非……除非她們的底牌是……『病毒』，當我們出兩張『人類』時，她就可以贏我們！」

「詩織！」余月晨再三叫著她的名字：「我們下注吧！」

她在回憶著由第一局開始的遊戲，鈴木詩織一直觀察著她們的一舉一動，沒有任何的鬆動。

她想起了在第一局……

……

…

·

第一局。

「我們出的兩張也是……『病毒』！」許靈霾拿起卡牌自信地說。

她們把用完的牌放入卡洞之中，動作有一點奇怪。

此時，許靈靋突然給趙靜香一個眼色，然後在她耳邊說了一些說話。

她們……她們好像做了什麼手腳！

……

…

·

鈴木詩織的汗水滴在地上！

「第一局……她們出了兩張『病毒』！如果……如果她們沒有把其中一張『病毒』掉入卡洞之中，而是留下來，然後……」鈴木詩織在腦中跟自己說，她瞪大了眼睛看著許靈靋：「然後**換了牌**呢？」

她們剛才在桌下暗地裡洗牌，是不是……換了另一張？！

如果是這樣，她們現在蓋著的那張牌就是「病毒」，而不是「疫苗」！

「詩織！！！」余月晨更大聲地叫著。

「等等，我想換一張牌！」鈴木詩織把蓋著的「人類」換成了「病毒」。

「妳瘋了嗎？爲什麼要這樣做？」余月晨說。

「嘰嘰，就算這一局打和，還是我們的總金額比妳們多！」鈴木詩織就像看穿了她們的把戲：「妳們以爲這樣就可以贏到我嗎？對不起了，兩位老、女、人！」

在許靈霾與趙靜香的臉上，突然出現了擔心的表情！

被看穿了？！

「五百九十七萬，全押下去！」鈴木詩織立卽說，不讓她們再次換牌。

「等等！」許靈霾大叫。

「對不起，因爲雙方已經下注，已經不能修改已完成的任何程序。」黑修女說：「遊戲繼續，請留下一張卡牌。」

「詩織，如果妳不說清楚，我不會再讓妳一個人決定！」余月晨在她耳邊說。

「她們在第一局，留下了一張牌，然後……」鈴木詩織簡單地在她的耳邊解釋。

「原來如此，妳們眞的狡猾！」余月晨大聲說。

同時，許靈霾那邊。

「靈霾……現在怎樣辦？」趙靜香抹去額上的汗水。

「心術不正的人，必有惡報。」許靈霾說。

然後，她們兩邊都選擇留下了蓋著的卡牌。

「妳們也不需要揭了吧，我們已經贏了！」

鈴木詩織把反轉的卡牌打開，是「病毒」！

「就算打和我們也比妳多獎金，晉級的人是我們！」鈴木詩織站了起來，雙手按在桌面上，憤怒地看著她們二人：「別要以爲用手段就可以贏我！老女人！」

「妳……」趙靜香正想反駁之時，許靈霾按著她的肩膀：「我最討厭別人叫我老女人！」

「鈴木詩織。」許靈霾也站了起來：「妳是一個心術不正的人嗎？」

爲什麼要問這問題？

許靈霾是輸到瘋了嗎？

《被看穿的，就不是詭計，只是沒用的計劃。》

最後勝利 4

「或者，妳的人生經歷讓妳不再相信任何人，讓妳覺得所有人都是想傷害妳，每個人都不是好人，然後，妳爲了更好的生活，戴上假面具，扮作純眞去欺騙別人，希望自己可以得到更多的利益。」許靈霾拿起了那張牌：「這就是妳生存下去的『眞理』，對嗎？」

鈴木詩織瞪大雙眼看著她。

也許，許靈霾說中了。

「因爲妳有這樣的想法，總是覺得別人心術不正，所以也變成了心術不正的人，妳成爲了妳小時候最討厭的人，不過，也罷，因爲妳得到十來歲女生沒可能得到的金錢，心術不正又如何？」

「別說了！妳根本不清楚我！」鈴木詩織憤怒地說。

「我當然不清楚妳，不過，我很**同情妳**。我們的確是比妳老的女人，不過，我們同樣經歷過妳這個年齡，我們都非常明白妳。」許靈霾說：「我們每個人都有一些不想面對的過去與痛苦的經歷，但自身的經歷讓自己變成一個怎樣的人，卻是由**妳自己選擇**。」

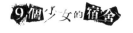

「妳選擇相信我們會在卡牌中做手腳。」趙靜香接著說：「才會讓妳輸得……**一敗塗地**。」

「不是每一個人都會傷害妳，也不是每一個人都會對妳心懷不軌，就因爲妳懷疑別人，本來已經贏出的妳，反而……輸掉了。」

「等等！！！」鈴木詩織看著黑修女大叫：「她們出千！她們收起了一張『病毒』！然後把『疫苗』換成了『病毒』！她們出千！」

許靈靈沒有理會她的說話，打開手上卡牌，是一張……

「疫苗」！

鈴木詩織全身也在抖震！

她心中想，明明就是換了牌，爲什麼……爲什麼會是「疫苗」？！！！

「剛才要妳抽『病毒』那張卡牌眞的很險。」趙靜香說：「我還以爲妳會抽第一張！如果妳不是抽中『病毒』，我們的計劃就沒法完成了。」

那時被抽牌時，趙靜香臉上出現了難看的表情，只是在演戲！

其實，趙靜香她們就是想得到兩張「疫苗」！

許靈靈在最初第一局開始，扮成「做了手腳」，她要讓鈴木詩織覺得她們收起了一張「病毒」卡。當時，她大叫「我們出的兩張也是『病毒』卡」，其實根本就沒有這個必要，她只是要讓鈴木詩織聯想起，那張是「病毒」……

她們收藏了那張「病毒」卡！

其實，她們根本沒有收藏起來。

當然，如果鈴木詩織在更早的時間說他們出千，或者可以知道許靈霾根本沒有收起任何牌，不過，她就是要用自己的方法去贏出遊戲、她就是要用自己的方法打敗她們，所以她沒有這樣做。

鈴木詩織乏力地坐回椅子上，她完全不相信，本來是必贏的遊戲，反過來因爲自己懷疑別人，而讓自己輸掉。

趙靜香說得對，她是輸得一敗塗地。

余月晨在她身邊瘋狂痛罵她，但鈴木詩織已經完全聽不進耳內，她只是呆了一樣看著前方，視線失去焦點，腦海一片混亂……

她只是聽到黑修女說……

「第二組可得到總獎金一千一百八十四萬！」黑修女說：「而第四組輸掉，獎金是……

『零』！」

……

……

一號圓桌。

前三局，金慧希利用了棄牌的方法，隱藏自己擁有的三張卡牌，吳可戀與程嬅畫根本不知道金慧希用了哪三張蓋著的卡牌。

還好，吳可戀發現得早，如果再讓她隱藏下去，最後的幾局，就永遠不知道金慧希手上擁有什麼卡牌，更重要的是，吳可戀自己的卡牌卻完全被對方知道。

組別	人物	人類	病毒	疫苗	特殊卡牌	金額（萬）
第一組	吳可戀、程嬅畫	4	5	4	武器、金錢	230
第五組	金慧希	?	?	?	武器	98

第四局。

金慧希繼續用同樣的手法，可惜的是，吳可戀也決定跟著她，不打開蓋著的卡牌，同樣也不讓金慧希知道自己擁有什麼卡牌。

由第四局開始，吳可戀把對方本來知道的卡牌，用同樣的方法……

隱藏下去。

《你是一個心術不正的人？你還是一個總是覺得別人心術不正的人？》

Chapter #12 - Victory #5

最後勝利5

「第四局」

第一組出牌「病毒」與「??」

第五組出牌「疫苗」與「??」

第一組下注一萬

第五組下注一萬

第一組留下打開的「病毒」

第五組留下打開的「疫苗」

第五組「疫苗」　勝　第一組「病毒」

總金額

第一組輸掉，總金額變成二百二十九萬

第五組勝出，總金額變成一百四十九萬

吳可戀她們就算蓋著的卡牌可以贏金慧希的「疫苗」，她們也選擇了不去勝出這一局，因爲她們也要隱藏自己的卡牌。

「第五局」

第一組出牌「人類」與「？？」

第五組出牌「人類」與「？？」

第一組下注一萬

第五組下注一萬

第一組留下打開的「人類」

第五組留下打開的「人類」

第一組「人類」　打和　第五組「人類」

總金額

第一組總金額維持二百二十九萬

第五組總金額維持一百四十九萬

本來，上一局金慧希還在懷疑，到這一局，她確定了吳可戀她們是跟著自己的方法，把卡牌隱藏。

「跟尾狗。」金慧希直接說。

「妳這方法真好用，我只是借來用吧。」吳可戀說。

「妳現在才隱藏了兩張卡牌，我已經隱藏了五張，還有餘下五局，很快，妳就會完全不知道我手上有什麼卡牌了！」金慧希說。

「的確。」吳可戀用手托著下巴：「再這樣下去，我就完全不知道妳擁有什麼卡牌。」

「還有什麼方法？」程嬅畫在她耳邊說。

「要逼她不再隱藏下去。」吳可戀說。

「要如何做？」程嬅畫問。

「看看運氣。」吳可戀說。

「看運氣？」

「妳相信我嗎？」吳可戀說：「嬅畫，妳不是在最初跟我說，雖然害死了男友，不過他媽媽還是對妳很好，所以妳想給她一點錢，讓她老來不用擔憂？」

程嬅畫的雙眼泛起了淚光，她沒有回答吳可戀。

程嬅畫很想痛恨阿華，不過她還是有一點的……「人性」。

「我相信妳！」她堅決地說。

「很好。」

「第六局開始。」黑修女說。

吳可戀抽出了一張「人類」、一張「疫苗」放在桌上，她打開了「人類」卡，蓋著「疫苗」卡。

而金慧希打開了一張「病毒」，另一張不知道是什麼卡。

「嘿，這次幸運來了！」吳可戀說。

程嫜畫不明白她的意思。

「請雙方下注。」黑修女說。

「我想問一下，有一件事我很在意。」吳可戀說。

「請說。」

「妳說過最小投注一萬元，對？不過，如果我們在全部對局未結束之前，已經把所有錢輸掉，我們還可以繼續遊戲？」吳可戀問。

「可以。」黑修女說：「如果金額是零，可以不用投注，如果該局勝出了就可以有五十萬再次投注。」黑修女解釋。

「我明白了。」吳可戀看著對面的金慧希：「這次我投注二百二十九萬！全、部、押、下、去！」

表情陰森的金慧希，也出現了驚訝的表情。

沒錯，吳可戀這麼有信心，代表了她的底牌一定是「疫苗」，而金慧希會再一次留下打開的「病毒」，這樣說，吳可戀可以贏出高額的獎金。

獎金不能被超越過多，因爲就算最後她可以連勝，也有機會……追不回來！

金慧希選擇自己那張沒揭開的牌，本來金慧希想把牌隱藏多一局才開始「進攻」，卻被吳可戀逼到沒法繼續她的「計劃」。

吳可戀就是要逼她選擇……**——揭開蓋著的牌**！

《被逼上絕路的人，會變得更加兇狠。》

Chapter #12 - Victory #6

最後勝利 6

金慧希的底牌是「疫苗」，她可以不讓吳可戀贏出這一局，這局可以打和！

「怎樣了？妳很少想這麼久的。」吳可戀說：「要不要暫停一下？」

「不用！」金慧希再次回復陰森的表情：「我下注一萬。」

然後雙方也按下留牌的掣，金慧希留下的是……蓋著的卡牌！

吳可戀成功了！逼使她留下沒打開的牌！

當然，金慧希那張蓋著的卡牌也可以是「人類」，不過，以剛才金慧希的懷疑，吳可戀可以肯定不是「人類」！

雙方也按下了留牌掣，不過桌面還未出現燈光。

「我知道妳那張底牌是『疫苗』，才會下重注。」金慧希說：「妳想我打開底牌嗎？我就打開給妳看，我才不會讓妳贏這一局！」

還未亮燈，金慧希自己已經打開了蓋著的牌：「這局打和！」

「又給妳看穿了……」吳可戀搖頭說：「不過，可惜了，妳只看穿我的『第一步』，嘻！」

金慧希瞪大了眼睛看著桌上的燈，因爲亮著的燈不是在吳可戀蓋著的牌之上，而是在打開的……

「人類」之上！

吳可戀大額下注，就是要金慧希掉入她的「思考陷阱」之中！她要讓金慧希以爲自己會留下蓋著的卡牌，而不是留下打開的「人類」！

「第一組贏出。」黑修女說。

吳可戀與程嬅畫的總金額大幅上升到……五百零八萬！

現在，只餘下四局，雖然第一組的獎金是第五組的三倍多，不過金慧希還未絕望，她還有機會扭轉過來！

她現在手中十張卡牌之中，有五張已經隱藏起來，吳可戀並不知道是什麼。

第六局後，兩組人眞實的卡牌分佈：

組別	人物	人類	病毒	疫苗	特殊卡牌	金額（萬）
第一組	吳可戀、程嬅畫	2	3	3	武器、金錢	508
第五組	金慧希	4	3	3	武器	148

第七局再次開始。

金慧希準備反擊之時，她……停頓了下來。

現在，吳可戀只餘下八張牌，出現了不同的「組合」。

「人類」、「病毒」、「疫苗」三組數字的組合。

800

701 710

602 611 620

503 512 521 530

404 413 422 431 440

305 314 323 332 341 350

206 215 224 233 242 251 260

107 116 125 134 143 152 161 170

080 071 062 053 044 035 026 017 008

她腦海中出現了一大堆數字，四十五個組合。因爲還有四局，卡牌保持在「平衡」是非常重要，所以她去除了有「0」或「1」張卡牌的組合，最後得出了六個組合。

「422、323、332、224、233、242」。

「等等……」想到這裡，金慧希整個人也呆了。

「哈，妳……終於想到了嗎？！」吳可戀高興地笑說：「可惜，已經來到第七局了，妳眞的是聰明反被聰明誤！」

金慧希不斷搖頭，她眼神空洞，看著卡架上的卡牌。

「她……她發生了什麼事？」程婕畫問吳可戀。

「她一直以爲成功的計劃……根本就不會更有利！」吳可戀說。

「什麼意思？」

「隱藏卡牌的計劃，根本不可行，因爲就算**不隱藏卡**，**也不一定會輸**！」吳可戀說：「由遊戲開始我使用『死神』卡開始，我已經放下了『思考陷阱』，可惜，她現在才發現！」

此時，吳可戀做了一個驚人的舉動……

她把手上的八張卡……

全部打開給人看！

《比他愚蠢的人很多，不過，比你聰明的人也不少。》

Chapter #12 - Victory #7

最後勝利 7

由一開始，吳可戀使用「死神」卡，然後，引出金慧希反使用「聖神」卡。當然，吳可戀當時並不知道金慧希擁有「聖神」卡，不過正好將計就計，設下了「思考陷阱」。

她設下了「**要讓人覺得知道對方的卡牌與隱藏自己的卡牌**」會更有利的陷阱！

然後，金慧希聯想到這一點，所以利用了「隱藏卡牌」，讓遊戲來到最後更有利。

其實……**根本就沒屁用**！

「之前第四、第五局妳說我是『跟尾狗』嗎？對，我就是有心去跟妳，因爲我要種下『思考陷阱』，讓第六局的結果出現！」吳可戀說：「她已經根深柢固覺得『不被知道擁有什麼卡牌』很重要，無奈地，來到第七局才發現自己其實是……大錯特錯！」

「我不明白。」程嫜畫看著吳可戀打開的八張卡牌：「妳說知道對方的牌與隱藏自己的卡牌，根本就沒有用？我不明白，這樣不是會更有利嗎？」

「除非最後兩張牌是一樣，不然，根本就沒有什麼『有利』與『優勢』。就算最後『被知道』餘下的兩張卡牌是『病毒&人類』、『病毒&疫苗』、『人類&疫苗』那一個組合也好，她也不會知道……**我們會選擇留下哪一張**！」

不知道對方會留下哪一張卡，代表了勝出率還是 33.3%。

33.3% 勝出、33.3% 打和、33.3% 輸掉。

有玩過「左一拳、右一拳，我們大家收一拳」的包剪揼遊戲嗎？大家也知道對方出包、剪或是揼，除非白痴到雙手出相同的包、相同的剪、相同的揼，不然，如果是不同，對手根本就不知道對方會「收起那一隻手」！

勝出、打和、輸掉的機會率根本依然是一樣！

知道對方出什麼卡牌、擁有什麼卡牌，根本不是重點，知道對方會留下那張卡牌才最重要！

吳可戀對著金慧希說：「說真的，我不知道妳隱藏卡牌來幹嘛？就算我現在給妳看我手上全部的卡牌，妳也不會知道我**將**、**會**、**出**、**哪**、**一**、**張**！」

當金慧希知道自己一直也墮入了「陷阱」之中，她就像變成洩了氣的輪胎一樣，整個人也失去了動力。

金慧希殺人心狠手辣，完全不害怕，不過，她有一個致命的弱點，就是……「輸不起」。

他媽的「輸不起」。

第七局、第八局，她隨意地出牌，還好，也只是「兩和」。

不用想太多，隨意地遊戲，反而讓她沒有輸掉，不過，她的氣勢已經完全消失了。

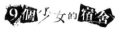

「**第七局**」

第一組出牌「病毒」與「疫苗」

第五組出牌「人類」與「病毒」

第一組下注一萬

第五組下注九十七萬

第一組「病毒」　打和　第五組「病毒」

總金額

第一組總金額維持五百零八萬

第五組總金額維持一百四十八萬

吳可戀不下重注的原因，是因爲她知道金慧希要在33%的機率中，勝出兩局才可以反超她的獎金，她只需要保持著現在的總金額，就可以晉級下一輪遊戲。

「第八局」

第一組出牌「人類」與「疫苗」

第五組出牌「病毒」與「人類」

第一組下注一萬

第五組下注一百四十八萬

第一組「人類」　打和　第五組「人類」

總金額

第一組總金額維持五百零八萬

第五組總金額維持一百四十八萬

「第九局」

第一組出牌「病毒」與「人類」

第五組出牌「人類」與「疫苗」

第一組下注一萬

第五組下注一百四十八萬

第五組「疫苗」　勝　第一組「病毒」

總金額

第一組總金額變成五百零七萬

第五組總金額變成三百四十六萬

幸運之神沒有完全離開金慧希。

在第九局，金慧希幸運地贏出，她還沒有完全輸掉，還存在一線生機！

不過，不是說過了嗎？只是用「運氣」玩這病毒遊戲，只會輸得落花流水！

這三局後，現在兩組人的總金額與卡牌：

組別	人物	人類	病毒	疫苗	特殊卡牌	金額（萬）
第一組	吳可戀、程嫸畫	0	1	1	武器、金錢	507
第五組	金慧希	1	1	2	武器	346

最後一局。

第十局開始。

《當你信心完全失去，只會輸得落花流水。》

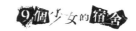

Chapter #12 - Victory #8

最後勝利 8

「看來妳死好命！」程婢畫說：「不過最後妳也會輸給我們！」

金慧希沒有理會她，看著架上的卡牌。

本來自信的吳可戀也收起了笑容，因爲在第九局輸掉了一局，她知道現在優勢縮小了。在之前的連續三局中，她們一局也沒有贏出，勝出率是 0%，她開始在擔心「**某個原因**」。

不過，她們現在只要「打和」就可以贏出，即是有 66% 的機會率，怎說還是處於優勢的一方。

「我要用『武器』卡。」金慧希說話完全沒有高低語調。

她現在可以奪取第一組兩張卡牌的其中一張。

當然，因爲第一組也擁有「武器」卡與「金錢」卡，她們之後當然可以把牌奪回來。

「我要左面的那張。」金慧希說。

黑修女把第一組的一張卡拿給了金慧希，卡牌是……「病毒」。

現在第一組只餘下一張「疫苗」卡。

組別	人物	人類	病毒	疫苗	特殊卡牌	金額（萬）
第一組	**吳可戀、程嬅畫**	0	0	1	武器、金錢	**507**
第五組	**金慧希**	1	2	2	武器	**346**

然後，因爲吳可戀她們只餘下一張卡，不能繼續遊戲，她只能用「武器」卡把牌奪回來。

「我們也使用『武器』卡。」吳可戀說。

金慧希把架上的五張卡都洗了一次，再次放在卡架上。

「讓我來抽。」程嬅畫說。

「好。」

同一時間，已經完結遊戲的第二、第三組女生，已經離開了現場，來到了地下室其他的房間，她們一直在看著直播。

許靈霾、趙靜香、蔡天瑜與黎奕希也一起看著大螢光幕。

「卡牌多眞的很有利。」許靈霾說：「來到了最後，卡牌少的組別會完全處於下風。」

「爲什麼？」黎奕希問。

「很簡單，現在可戀她們手上只有一張『疫苗』，如果她們抽到了『疫苗』的話會怎樣？」

「就是兩張『疫苗』吧。」蔡天瑜說：「有什麼問題？」

「怎樣了？妳們兩個不是剛才先玩完一次嗎？怎會不明白？」趙靜香說。

「但我們輸了……」蔡天瑜失望地說。

「放心吧，當最後我們贏出整個遊戲，不會選擇妳們離開宿舍。」許靈霾回到正題：「如果兩張都是相同的牌，生死權就會落入金慧希的手上。」

「如果計算不到卡牌的數目，她們還是有勝算的，因爲對方也不知道她們擁有兩張相同的卡牌。」趙靜香說。「對，不過，還有一個很重要問題……如果出現**那個情況**，如果吳可戀拿著相同的牌，就必敗了。」許靈霾說。

跟許靈霾她們的最後一局一樣，都是在「兩張疫苗」的情況之下，不過，情況是完全不同。

許靈霾看著螢光幕，看著那個「**可以讓人必敗的原因**」。

……

……

回到遊戲現場。

程嬅畫抽到了……「疫苗」！

現在她們手上有兩張「疫苗」！

「我們現在還有一張『金錢』卡，我們還要用了它？」程嬅畫用手掩著在吳可戀的耳邊說。

「不，不能用。」吳可戀認真地說：「如果我們選擇換牌，代表了我們不想要手上的牌，只有一個可能性，就是我們擁有兩張相同的卡牌，她就知道了。」

程嬅畫想了一想：「的確是！」

就如吳可戀所說，就算早前她打開了全部牌，但經過幾個回合後，她又隱藏了沒有打開的牌，現在，金慧希根本不知道吳可戀手上除了「疫苗」以外，另一張牌是什麼。

「好，如果不再使用特殊卡牌，請兩組人出牌。」黑修女說。

吳可戀扮作在考慮，然後放出了最後兩張「疫苗」卡牌，一張打開，一張蓋著。

而金慧希放出了一張「人類」與一張「病毒」！

《遊戲，走錯一步就會完結，不過，只是遊戲，而不是你的人生。》

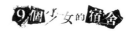

Chapter #12 - Victory #9

最後勝利 9

現在，因爲金慧希沒有出「疫苗」牌，即是不會打和，兩組人的勝出率也是五十五十！

當然，她們並不知道。

「請下注。」

「三百四十六萬。」金慧希不作考慮。

「五百零七萬。」吳可戀說。

吳可戀要保持著充滿信心的表情，不能讓對方知道自己擁有兩張「疫苗」。

「很好，現在兩組人可以選擇留下的卡牌。」黑修女說。

「最後一局了……」金慧希說：「不知道妳們會留下哪一張？」

「我會留下『疫苗』。」吳可戀直接說。

「眞的嗎？還是妳想誤導我？」

想法。

雙方也看著對方，甚至連眨眼也沒有，她們不想被對方讀到自己表情的變化、讀到內心的想法。

就在此時，一直也沒精打采的金慧希大笑起來！

吳可戀皺起眉頭看著她。

「好了，也演得差不多了！」金慧希再次出現了像深淵般的眼神：「是我想跟妳玩到最後一局，不然，妳一早已經輸掉！」

「什麼意思？」

「妳說什麼『思考陷阱』？看著妳神氣的樣子，然後輸得一敗塗地，是最快樂的事！」金慧希瞪大了雙眼說：「比殺死一個人更有高潮！」

吳可戀心跳加速，她有一種不祥的預感！

雙方也按下了留下的卡牌……

現在，已經沒法反悔，而且只有兩張「疫苖」的她們，反悔也沒有用！

「我會留下……」金慧希奸笑：「『**人類**』！」

吳可戀整個人也呆住了！

桌上金慧希打開的『人類』亮起了燈，而吳可戀她們蓋著的『疫苖』也亮起了燈！

「請打開底牌。」黑修女說。

「不用打開也沒什麼呢，因爲我已經知道妳的底牌是『疫苗』，妳們有兩張『疫苗』，嘰嘰！」金慧希全身也興奮得抖動：「我現在他媽的很興奮！很興奮！」

「怎可能的！」吳可戀在心中想：「她怎可能知道我們有兩張『疫苗』？！」

她是計算到吳可戀最後餘下什麼卡牌？不可能，因爲在第七、八、九局中，吳可戀也沒有揭開蓋著的牌，金慧希不可能知道她還有什麼牌！

不可能的……不可能的……不可能！！！

「請第一組揭牌。」黑修女說。

吳可戀完全沒有動作，她整個人也呆了一樣看著金慧希，她腦海中不斷想著「原因」！

「爲什麼她會知道的？」

「她不可以看穿我的牌！」

「卡牌做了手腳？」

「不，我非常肯定是打開了在她手上抽到的『疫苗』！」

「她不可能知道我本來的卡牌是什麼！」

「不可能！」

許靈霾所說的「必敗原因」，眞實地出現了！

「如果妳們不揭牌，就由我來揭了。」黑修女說。

她伸出了手，把她們的底牌揭開！

沒有什麼魔法，也沒有變出其他的牌，她們蓋著的牌就是「疫苗」！

「現在宣佈，第一圓桌勝出的是……第五組！」黑修女說：「第五組所得的總金額是……七百四十二萬！」

突然！

吳可戀……

終於想到了一個「原因」！

只有**那個情況**的原因！

在她的腦海中……

出現了那一句說話……

……

……

．

「讓我來抽。」

……

…

·

下半部病毒遊戲開始之前十分鐘。

「她」去了一趟洗手間，而「她」跟著去了。

《看著敵人充滿信心地輸掉，會有什麼感覺？》

Chapter #12 - Victory #10

最後勝利10

洗手間內。

「妳們兩個人，就算是贏出了，都只可以一人分一半獎金。」她說：「我只有一個人，我可以全部錢都給妳。」

「妳說就是嗎？我怎會相信妳！」

「妳覺得妳也可以相信同組的她嗎？」她說：「我不會欺騙妳，錢對我也沒什麼，我只是想…贏下去，繼續住在宿舍！」

「我相信誰也與妳無關！別說了！再見！」

她想離開，另一個她用力捉住她的手臂。

「妳想怎樣？！」

「殺人的感覺是如何？」

她瞪大眼睛看著她。

「我很明白殺人的感覺，有一點痛苦又有一點快感，我相信，在這裡沒人更清楚那種感覺，沒有人更……**明白妳**。」她摸著她的頭髮：「當然，現在妳會覺得她們都當妳是朋友吧，不過，她們都知道妳殺了男友，當她們想清楚後，妳覺得她們還會願意接近妳嗎？她們還會當妳是朋友嗎？我非常肯定，妳們只會當妳是一個殺、人、兇、手！」

聽到後，她非常驚訝。

「我說過，我是最明白妳感受的，因爲我也曾經有過跟妳相同的感覺。妳流露的眼神，那份又悲傷又憤怒的感覺，我已經可以看出來了。」她把她的眼鏡輕輕地脫下：「會當妳是朋友的人，只會是跟妳有**相同感覺的人**，那個人……就是我！」

她用力擁抱著她！

「請放心，如果妳有網上銀行，我可以先給妳三百萬，我不會欺騙妳。」她吻在她的臉上：「妳……相信我嗎？」

她的眼睛泛起了淚光。

不久，她冷冷地說：「我要……如何做？」

金慧希笑了。

一個又邪惡又甜美的笑容。

「妳只需要在最後幾局，給我提示就好了。」金慧希說：「我不想一開始就贏，這樣不合劇情需要！嘰嘰！」

金慧希替她戴回眼鏡。

「我們……合作愉快！」

……

…

．

回到遊戲室內。

「**讓我來抽**。」

「**讓我來抽**。」

「**讓我來抽**。」

吳可戀的汗水流下，然後她緩緩地把頭轉開，看著「她」。

「對不起，我也是身不由己！」

由遊戲最初，吳可戀已經注定會輸！因為「她」一早已經背叛了吳可戀！

程嬅畫一早已經背叛了她！

由第七局開始，根本不是扮成崩潰的金慧希好運，而是程嬅畫在給她提示！在最後，程嬅畫提出自告奮勇抽牌，就是要抽中金慧希暗裡提示的那張「疫苗」，她要讓金慧希立於不敗之地！

程嬅畫說什麼相信吳可戀、說什麼要把錢分給阿華媽媽，都是假的！她只想讓吳可戀更相信她！

更正確來說，是更「不懷疑她」！

吳可戀曾說過「一個人會比兩個人」更有優勢，她一點也沒有說錯，因爲……

一個人就不會被背叛！

在現實的世界中，出賣、背叛，傷害你最深的人，不會是別人，而只會是……自己身邊的人！

我們都生活在一個，如不防範別人就很容易受傷的世界之中，我們會爲了自身的利益，用不同的方法去防範別人。不過，就因爲「信任」這兩個字，讓我們放下了很多的「防範」、很多的「戒心」。

吳可戀因爲許靈霾的出現，讓她本來不再相信別人，變成了再次相信「信任」這二字，可惜，「信任」在遊戲中，讓她……

徹底失敗了。

程嬅畫離開吳可戀身邊，走到金慧希那邊，在她臉上出現了愉快的微笑。

「黑修女，她們在暗地裡合作，算是違反遊戲規則嗎？」吳可戀低下頭說。

「規則也沒有列明不可以，妳也可以在遊戲內揭發，不過，現在遊戲已經完結，我們只當是遊戲中一種『技巧』，不會追究。」

吳可戀沒有再問下去，她只有低下頭回憶起自己的……愚蠢。

他媽的愚蠢！

《請相信我別要相信我。》

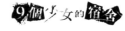

Chapter #12 - Victory #11

最後勝利 11

一小時後。

九個女生已經來到了地下室另一間大房間，整個病毒遊戲已經讓她們累到半死，現在，是最後的一部分。

勝出的女生，包括了綠修女、許靈霾、趙靜香、金慧希，她們被安排到房間內的沙發位置坐下來，而其他輸掉的女生，包括吳可戀、程嬅畫、鈴木詩織、蔡天瑜、黎奕希、余月晨，她們被安排到另一邊坐著。

「沒想到，只有我們四個人成爲贏家。」綠修女說：「就由我們來決定把誰趕出宿舍！」

「誰留下來、誰被趕走我根本沒所謂，我只想……贏出遊戲。」金慧希表明自己的立場。

她不是說會幫助程嬅畫？當然，程嬅畫可以出賣吳可戀，金慧希也可以出賣她。

「我想知道，被趕出宿舍的人，只是不能再住下來，而不會像……不會像馬鐵玲一樣下場？」趙靜香帶點驚慌地說。

「妳在擔心別人嗎？」綠修女把假髮脫下，摸摸自己的光頭：「明明就是妳把馬鐵玲迫到絕路……」

「是妳們利用人性殺死了其他人！根本不關任何入住女生的事！」許靈霾不讓綠修女說下去。

「眞的是這樣嗎？這只不過是僞善而已，妳們可以在每一個選擇中不去傷害別人，但妳們卻爲了自己，寧願看著對方死去！」

「世界不是非白卽黑的，但妳們卻把人迫到只有二選一的地步，錯的人不是我們，而是想出這些遊戲去賺大錢的妳們！」許靈霾反駁。

「好了！好了！妳們別要吵了！可以開始了嗎？」金慧希說。

「好吧，現在就開始……『最後的遊戲』。」綠修女道：「這次的遊戲非常簡單，就是……撲克牌抽大細！」

綠修女拍拍手，在另一邊坐著的女生四周的地板，升上了厚厚的防彈玻璃，在裡面的女生也非常驚慌！

玻璃升上三個人的高度，然後在上方蓋下了一個鐵做的頂部，把她們六個人封鎖在裡面！

「妳想怎樣？！」趙靜香心知不妙。

「這是一個拯救別人的遊戲，而她們的生死就掌握在我們三組人的手裡！」綠修女說。

她話一說完，在「魚缸」的上方，開始向下灌水！

在裡面的女生也在瘋狂尖叫！

「我們就以抽大細遊戲，看看可以拯救誰出來！把六尾『美人魚』拯救出大魚缸！」

綠修女興奮地大笑！

許靈霾與趙靜香看著在慘叫的女生，頓時全身起了雞皮疙瘩，心跳加速！

她們兩個人，可以贏出遊戲嗎？

可以拯救這六個女生？！

……

……

．

天台，女神父的房間。

尼采治也在房間內。

女神父把一個消息告訴了尼采治。

「媽媽……原來……原來是這樣。」尼采治也不知道的一件事：「怪不得，她會這麼厲害！」

「當然，她在韓國的今貝女子宿舍，已經住了……四年。」女神父喝著紅酒說。

韓國的……「今貝女子宿舍」？！

女神父所說的人，就是……金慧希！

原來，女子宿舍的遊戲，不只是在香港進行，其他的國家也有同樣的遊戲！

而這個金慧希，就是從韓國過來的……「宿舍交流生」！

一個可以在宿舍連續住了四年而沒有被趕走的女生！

「我終於看到她的能力了。」女神父把酒一喝而盡：「香港的女生代表啊，別要輸給她！妳們要好好努力！」

「今貝女子宿舍」的規模，看來，不只現在所見的這麼簡單！

此時，黃修女把衣服穿好，從女神父的臥室走了出來。

「我已經約好了那個作家，後天可以見面。」她說。

「很好。」

黃修女看到螢光幕的畫面，雖然，趙靜香成功勝出，不過她心中還是有一點不是味兒。

「是後天嗎？」女神父抹抹自己的紅唇：「妳猜他知道我們的遊戲，會有什麼反應？」

她的眼神充滿了邪惡。

比任何一套電影、電視劇的奸角更加惡毒！

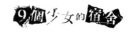

故事會怎樣發展下去？

她們九個女生的命運……又會如何？

《九個少女的宿舍》第三部……

……

……

．

「Welcome To Our Game！」

《你在這互相欺騙的世界，你的單純，是給誰看的？》

《九個少女的宿舍》第二部結束．

待續

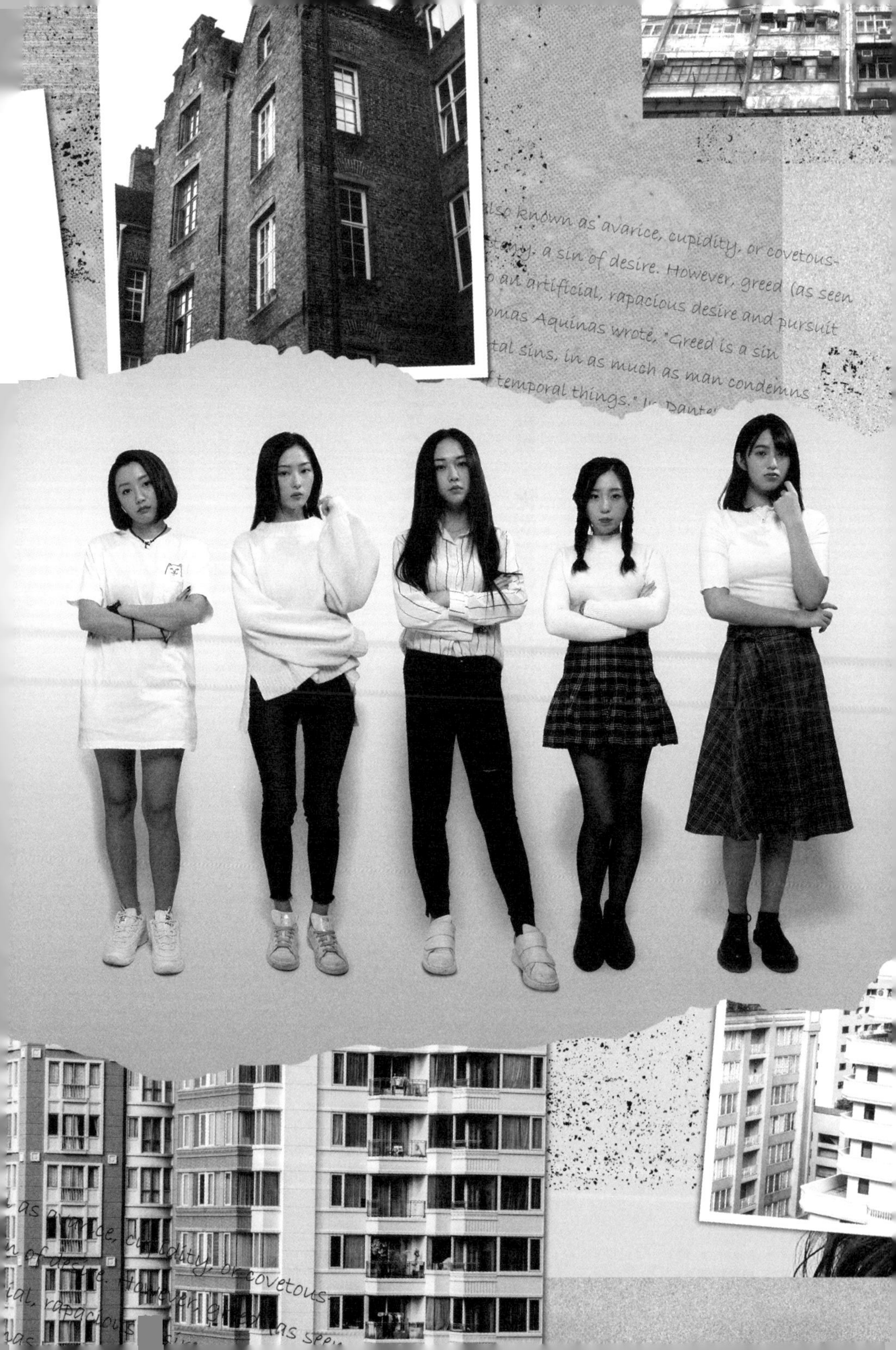
lso known as avarice, cupidity, or covetous-
ony, a sin of desire. However, greed (as seen
o an artificial, rapacious desire and pursuit
omas Aquinas wrote, "Greed is a sin
tal sins, in as much as man condemns
temporal things." In Dante
as avarice, cupidity, or covetous
n of desire. However, greed (as seen
ial, rapacious

reed
9個少女的宿舍
Greed

第三 [redacted] 部
To be continued.

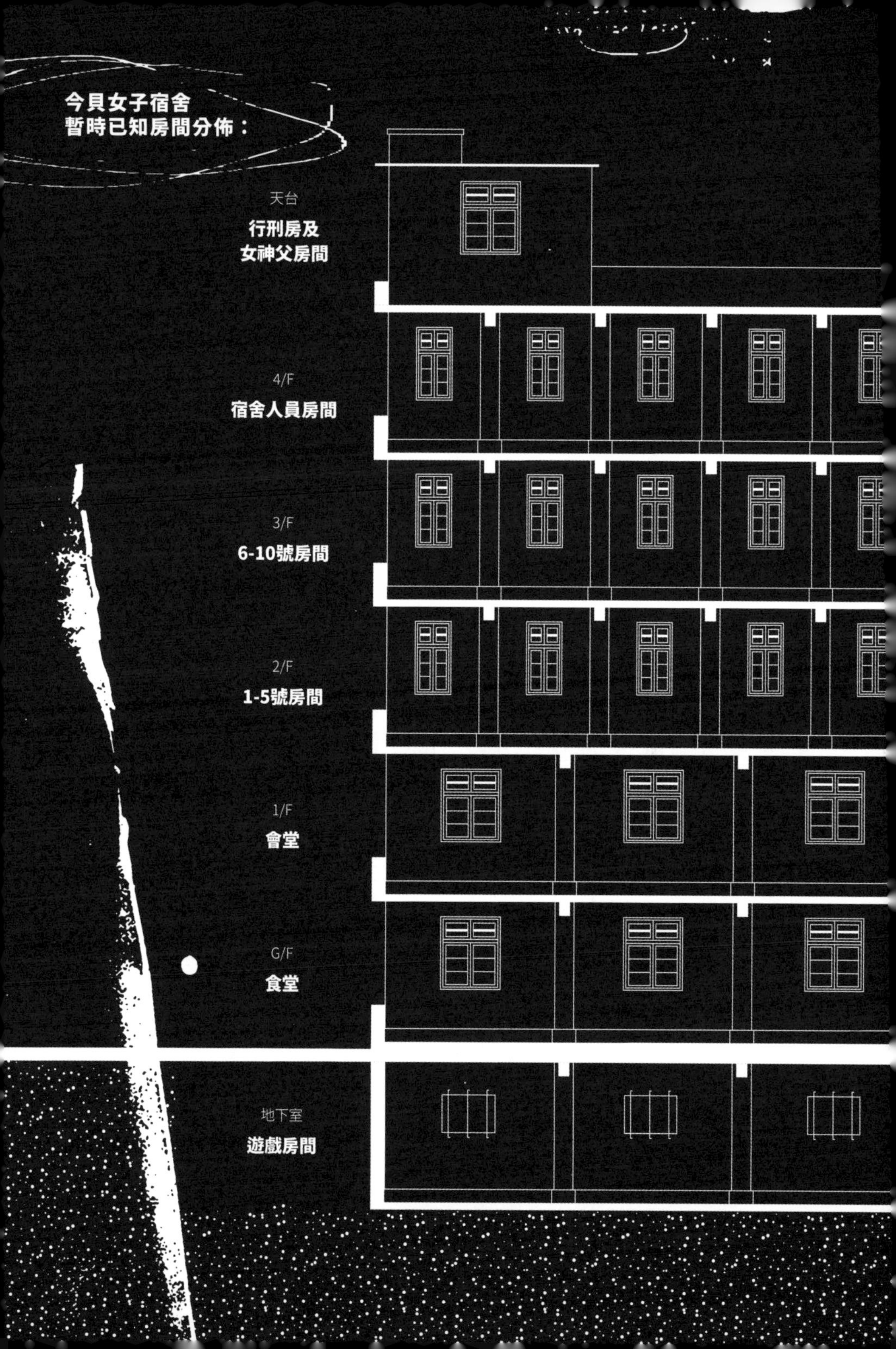
今貝女子宿舍
暫時已知房間分佈：
天台
行刑房及
女神父房間
4/F
宿舍人員房間
3/F
6-10號房間
2/F
1-5號房間
1/F
會堂
G/F
食堂
地下室
遊戲房間

孤泣特別鳴謝
孤泣小說團隊

由出版第一本書開始，只得我一人。直至現在，已經擁有一個孤泣小說的小小團隊。謝謝一直幫忙的朋友。從來，世界上衡量的單位也會用金錢來掛勾，但在這個「孤泣小說團隊」中，讓我發現，別人爲自己無條件的付出。而當中推動的力量就只有四個大字——「我支持你！」很感動！在此，就讓我來介紹一直默默地在我背後支持的團隊成員。

App 製作部

Jason

傳說中的 Jason 是以戇直、純真，傻勁加上一點點的熱血配製而成。爲了達成一個小小的夢想，忍痛放棄一份外人以爲穩定的工作，毅然投身自由創作人的行列。希望可以創作屬於自己的 iOS App、繪本、魔術書、氣球玩藝書、攝影手冊、攝影集、IT 工具書等。歡迎大家來 www.jasonworkshop.com 參觀哦！

編校部

RONALD

學藝未精小伙子，竟卻有幸擔任孤泣小說的校對工作。可說是人生一大幸運的事。

編校部

曦雪

曦雪，愛幻想、愛看書、愛笑愛叫的怪小孩，平時所有愛做的都不會做。嘉歡寫作卻不會寫，說是因爲懂寫不懂作。

Winnifred，現實中的化妝師，見證多少有情人終成眷屬。喜歡美麗的事物，自成一格的審美態度：「美，可以是看不到、觸不到，卻能感受得到。」機緣巧合，成爲孤泣的文字化妝師。

多媒體與平面設計部

阿鋒

平面設計師，孤泣愛好者。由讀者搖身一變成爲團隊成員之一，期望以自己的能力助孤泣一臂之力。

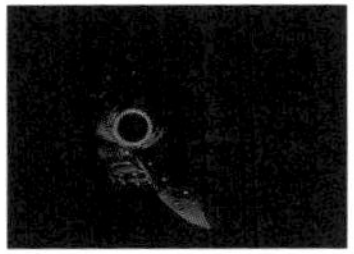

RICKY LEUNG

兜了一圈，原地做夢！感激孤泣賞識同時多謝工作室團隊，這團火燒到了我。創作人，路是難行但並不孤單。

阿祖

喜歡電影、漫畫、小說、創作，希望替孤泣塑造一個更立體的世界。

插畫部

13

不善於用文字去表達心情，但喜歡以圖畫畫出一片天空，這片天空是無限大，同時存在了無限個可能。多謝孤泣給我機會發揮我自己，而孤泣的小說，是我的優質食糧。

法律顧問

X律師

當孤泣問我如何殺人不坐監、未來人受不受法律約束時，我決定成爲他的顧問，律師費請匯入我戶口，哈哈。

宣傳部

孤
迷會
LWOAVIE.COM

孤迷會

孤迷會 (Official)FB：
https://www.facebook.com/lwoavieclub
IG: LWOAVIECLUB

孤泣作品
LWOAVIE RAY COLLECTION
10

9個少女的宿舍

9 girls 2

孤出版

lwoavie1

lwoavie

lwoaviepro.com

孤泣個人網址
ray.lwoavie.com

作者
孤泣

校對編輯
首喬

攝影
Reeve Lee Chun Kit

美術設計
joe@purebookdesign

出版
孤出版
新界灰窰角街 6 號 DAN6 20 樓 A 室

發行
一代匯集
九龍旺角塘尾道 64 號龍駒企業大廈
10 樓 B & D 室

承印
美雅印刷製本有限公司
九龍觀塘榮業街 6 號海濱工業大廈 4 樓 A 室

出版日期 / 2020 年 7 月
ISBN 978-988-79939-8-8
定價 / 港幣 $98